Contes décousus

Bruno Cosson

Contes décousus

Suivi de

Théâtre

Du même auteur :

Un roman de Renart   BoD, 2021 nouvelle édition

Tailleur de rêves,   BoD, 2025 nouvelle édition

Journal du vertige   BoD, 2025 nouvelle édition

Quatre   *À paraitre*

© 2025 Bruno COSSON
Édition : BoD · Books on Demand, 31 avenue Saint-Rémy,
57600 Forbach, bod@bod.fr
Impression : Libri Plureos GmbH, Friedensallee 273,
22763 Hamburg (Allemagne)

Illustration : Dessin de l'auteur

ISBN : 978-2-8106-2724-0
Dépôt légal : Janvier 2022

Je vois la courbe du silence
Danser sur le clavier d'alarme
Je vois la vie comme un radeau qui penche

À ceux qui disent sortir la lumière de leurs manches
Chacun pour soi à qui dit mieux
Sur le qui-vive je rends des comptes
Coup pour coup légendes et contes

Je vois la vie comme un écho
Je vois la courbe du silence
Un chant d'oiseau un rire à peine éclos
La joie et la mélancolie

Je vois la courbe du silence
Et certains humains d'âmes amis
Amies

Sur le qui-vive je rends des comptes
Coup pour coup
Légendes et contes

Je vois la courbe du silence

CONTE DU JOUR TOMBÉ ET DE LA NUIT TOMBÉE AUSSI

Un jour.

Un jour, le jour est tombé.
POC ! Par terre.

Qui a poussé le jour ?

Il était tout là-haut à midi, entre l'Orient et l'Occident. Dans un panier d'étoiles, c'était un petit jour, fragile encore, il a cru voir une fumée grise dans le ciel. Il s'est hissé sur la pointe des pieds. Il s'est penché, penché, penché... Et puis il est tombé. POC ! Par terre.

Il s'est fait mal ?

Oui, le petit jour a eu très mal, ses genoux étaient décolorés, les ombres passaient au travers. Il a eu très peur. Il a rampé le jour. Il s'est posé sur une pierre, c'étaient les dernières lueurs du jour.
Personne ne sait combien de temps le jour est resté là, seul comme un mauvais jour.

Et puis, la nuit est rentrée, elle avait fini sa distribution de rêves de l'autre côté du jour ; elle rejoint sa place dans le panier d'étoiles, elle ne voit pas le jour !
Elle s'inquiète, elle se hisse sur ses pieds cambrés, elle se penche, elle se penche... Elle tombe.
PAF ! Par terre.

Elle s'est fait mal ?
Oui, la nuit a mal, ses genoux sont décolorés, la lumière passe à travers. C'est une douce nuit, elle a peur, elle rampe, elle se cache sous la pierre à côté de son frère le jour, pale comme une nuit blanche.

Et maintenant, ce n'est plus ni le jour ni la nuit, c'est autre chose, tout gris, qui voit passer la grande fumée grise de la belle mondiale usine...

Il n'y avait plus de coucher de soleil, il n'y avait plus d'aurore.
Il n'y avait plus de veillées où les gens chantaient des chansons.

Et les gens avaient peur.

Il n'y avait plus d'histoire à raconter aux enfants.
Homère avait peur, Ésope avait peur, Merlin avait peur, Don Quichotte avait peur, Robinson avait peur, et la Fée Clochette et tous les enfants perdus avaient peur.

Et la terre en colère se transforma en boue et se mit à trembler.
Et l'eau en colère se transforma en raz-de-marée.
Et le vent en colère se transforma en tornade, en ouragan — que sais-je ?
Et le feu en colère mit le feu à la forêt.

Il y eut une grande discussion parmi les hommes et les femmes :

— Moi, je veux qu'il fasse jour et pis c'est tout !
— Moi, je veux qu'on allume la nuit !
— Moi, je veux savoir quelle heure il est !
— Moi, j'ai froid !
— Moi, j'ai faim !

Et les gens avaient soif, mais la vigne ne donnait plus de fruits, la vigne avait rendu toutes ses larmes et pleurait encore, transie derrière sa dernière feuille.

On fit venir tous les savants des vieilles provinces, les savants qui avaient quitté les provinces pour plus d'honneurs, pour moins de taxes.

— Je ne suis pas coupable et j'assume !
— Le peuple a toujours faim et le peuple est trop nombreux !
Les savants gris accusaient le noir.
— C'est le noir qu'il faut détruire !
Les savants d'hypothèse accusaient tous les dieux !
— Moi, de mon temps, on faisait du savon, disait un savant d'outre-Europe !
— T'en connais, toi, des gros mots ?
— Moi, je vous l'avais bien dit !
— Que va-t-on raconter aux enfants ?

Et le vieux savant qui avait inventé la poudre à déchirer le ciel, pleurait un peu, à ce qu'on dit.
On n'avançait pas très beaucoup, avec tous ces savants diplomates, habitués à courber le dos pour une ration de flageolets-buns.

Et dans la belle mondiale usine, les ordinateurs continuaient à produire des choses, les jolies choses qui plaisent aux hommes, les choses qui brillent, les choses qui explosent, les choses qui font du bruit, les choses qui mentent, les choses qui se vendent au plus offrant, toutes ces choses qui font de la fumée.

On enferma tous les savants dans la grande tour après le pont.
Et dans la grande tour de Babel, il y avait une savante, jeune encore, mais qui avait déjà lu plusieurs livres avant le gris sur terre et qui avait écouté des milliers de chansons de troubadours de toutes les couleurs, des chansons de pâquerettes et de coquelicots.
Et ce fut son tour de parler, même dans le gris, on peut parler quand même, elle dit :

— Seuls les enfants, les enfants retrouvés, pourraient passer entre les mailles du gris que nous avons tissé pour retrouver la clé des champs cachée dans l'usine.
— La clé des champs ! rirent les autres savants, la clé des champs n'a jamais rapporté d'argent ni d'or !
— Stupide ! dirent-ils dans toutes les langues guerrières.
— Une savante, vraiment, laissez-moi rire !
— On aura tout vu !

Pourtant, si je vous raconte aujourd'hui cette histoire, c'est que des enfants avaient entendu la jeune savante. On ne sait pas comment, des enfants qui cherchaient une chanson à aimer, une histoire à raconter à leurs parents, un sourire à ramener pour se faire dorloter.

Les enfants arrivèrent devant l'usine, ils se faufilèrent pour dérober la clé des champs, ils trouvèrent la pierre et libérèrent le jour et la nuit.

Alors le jour et la nuit ont commencé à danser dans le ciel en embrassant le soleil et le jour a hissé la nuit sur ses épaules pour la poser délicatement sur un panier d'étoiles.

CONTE DÉCOUSU

Il s'appelait Henri, ou Charles, était donc roi de France, ou d'Angleterre, selon les livres et ses guerres gagnées naguère.

Dans un conte où s'était évadée la fille d'un roi, sans jupe ni dentelles, les épaules à peine couvertes du velours de la nuit. Comment s'appelait-elle ? Son nom aussi, c'est perdu dans les brumes d'antan.
Un certain barde français aimait à chanter qu'elle s'appelait Vénus. Qu'un hommage fraternel lui soit ici donné[1].

Est-ce que la belle dormait ? Est-ce qu'elle se baignait dans l'eau d'une claire fontaine ?
Là-bas, bien loin, sur une ile au large d'un océan décousu.

Voici ce qu'on raconte :

Le Roi, qui était son père, même confusément, se lamentait.

Le Roi fit battre tambour, il fit lever une armée de volontaires pour retrouver Vénus, ils furent nombreux, et plus encore.
D'entre les jours et de plus loin que les sept mers. Un moine soldat de Saint-Jean (cousin de Julien l'hospitalier), venu de Malte, de Rhodes ou peut-être de Jérusalem, les plus fiers chevaliers de l'ordre des Templiers, de la Jarretière, de la Toison d'or et du Taste-vin. Qui tirant la charrette, qui portant la table ronde, qui surveillant les tonneaux du vin de Dionysos.
D'aucuns plus braves que Gauvain, Yvain, Lancelot, Perceval, et d'autres du même rang, du même sang qu'Arthur Pendragon.

---

[1] Ou rendu, va savoir, je préfère qu'il soit donné.

Et derrière les preux, les fantassins de la cour des miracles : Clopin Trouillefou — Roi de Thunes ; Jehan de Bruges, qui jouait de l'orgue à Notre-Dame, Marsouin d'Avranches, et les plus vaillants marauds du royaume d'Argot. Et Jeanne, qui n'aurait pas voulu rater cela.

Jupiter lui-même en eut les larmes aux yeux, et même le vieux Saturne, qui rêvait de pardon et d'âge d'or.

Ils partirent.

Là-bas, bien loin, vers une ile au large d'un océan décousu.

C'étaient des hommes fiers (à part Jeanne — qui était fière quand même), et le voyage est long, vois-tu. En chemin pour se distraire, ils firent des croix, une croix, c'est un peu comme une signature. Des croix de toutes les formes, de toutes les matières et de toutes les tailles, des croix si grandes qu'on aurait pu clouer dessus un homme ou deux — un ennemi ?

Ils terrassèrent des dragons, ils brulèrent des sorcières[2], ils chassèrent des loups solitaires, des loups perdus.
Mais de Vénus, aucun ne vit.

Ils ramenèrent de l'or et des épices, les compliments d'un renard, les ossements du diable (ou de son cousin), des reliques et des coupes vides, et des souvenirs de défaites.
Mais de Vénus aucun ne sut.

Tous revinrent meurtris, blessés ou morts, désespérés, ivres de temps en temps.
Mais Vénus, personne ne la ramena.

---

[2] Les sorcières n'existent pas, on les brule quand même, sauf si l'on peut les pendre.

Car personne n'avait vu ni vaincu le Léviathan qui déchirait l'océan hors du temps.
C'était avant le mur, on fit venir de la poudre d'Orient, il y eut des fusils et des canons, et des combats encore, si longtemps, si longtemps.
On ne savait plus pourquoi l'on se battait, mais on se battait, c'était une question de vie ou de mort.

Le Roi se désolait, un siècle après, son épouse la Reine était pâle comme la peine, et lui, accablé d'ennuis et de contrariétés. Il leva des impôts, il coucha des armées, il entra dans l'histoire, enfin, dans les livres d'histoire ; plus tard, lassé de conquêtes et ne pouvant faire d'alliance sans fille à marier.

Et le mur, me diras-tu ? Oh, ce n'est pas ce qu'il fit de mieux !

Fit construire un grand mur, un mur à l'ouest.
Fit bâtir un autre mur, un mur à l'est.

À peine si le soleil pouvait montrer son nez, tendre les bras d'un mur à l'autre. Ce fut de grands travaux, plusieurs générations d'ouvriers maigres et secs se succédèrent, seuls quelques rats survécurent. Maintenant encore, au pied du premier mur, on peut voir la plaque de vermeil et d'or qui porte le nom du Roi, et que l'on vient célébrer chaque année, le jour de la fête des pierres.

Bien des hommes vénéraient le Roi, bien des hommes le haïssaient.

Et la belle errait dans le conte, habillée par le vent, au large d'une île sur l'océan décousu.

Et le temps passa, naturellement...

Un jeune poète traversait la région en guenilles, sans laissez-passer, sans logis. Il alla trouver une tailleuse, dont on disait par le pays qu'elle racontait des histoires incroyables, mais réconfortantes. Ils se trouvèrent si bien que le jeune homme reprit la route, la guitare pleine de chansons et comme cadeau la plus belle aiguille à coudre de la tailleuse, la plus solide : « Elle te servira mieux qu'une épée. »

Au détour d'une ruelle, faut-il l'avouer ? notre poète, comme nombre de ses collègues à travers les temps, croisa les gens d'armes du Roi et fut jeté en geôle.

— Tu n'es pas d'ici !
— Tu n'as pas salué le Roi !
— Tu n'as pas payé l'écot !

Un jour que le jeune prisonnier grelotait dans sa cellule, il se mit à fredonner. Or, le Roi passait justement la garde de la prison en revue. Pourquoi faisait-il cela lui-même ? Je l'ignore. (On dit pourtant qu'un Louis de France aimait ce rite.)
Toujours est-il qu'entendant chanter, il sentit venir les larmes, car cet air, sa fille le chantait aussi.

Et le temps passa, naturellement…

Mais personne n'a vu ni vaincu le Léviathan qui déchire l'océan hors du temps.

On peut rêver longtemps, de miracles, de vœux exaucés, d'exploits, de gloire et…
Et de l'aiguille d'une tailleuse pour recoudre l'océan.

Le Roi n'avait plus de larmes, et plus de peine que de rage. Ce jour-là, il fit dire à qui de droit — de la part du Roi d'ici ! — de libérer le poète à l'aiguille.

Non, personne n'a vu ni vaincu le Léviathan qui vivait là-bas, bien loin, vers une île au large d'un océan décousu.

Et pourtant, c'est le poète qui ne se berçait d'aucun dieu ni d'aucun roi, se moquant des atours, des pouvoirs, des tours de garde et des colifichets. C'est lui, avec l'aiguille d'une tailleuse et le fil du temps, qui enferma le Léviathan dans une chanson, et trois accords de guitare. Il délivra la belle, certains prétendent même qu'il l'inventa.

Au bout du conte, un rêveur reste un rêveur, et Vénus, qui n'avait rien sur elle, que l'ombre du vent et les gouttes salines qui brillaient sur sa peau, lui donna sa toison et sa rose.

Puis ils vécurent longtemps humbles et heureux comme Philémon et Baucis[3].

---

[3] Cf. OVIDE, *Les métamorphoses*.

LA FILLE DE TERRE & LA FILLE DE FER

Voici l'histoire de la fille de terre et de la fille de fer.

La fille de terre et la fille de fer étaient belles comme les blés, à cette période où les blés sont beaux, ondoyants, presque sauvages.

Belle, c'est un mot simple, une évidence.

La fille de terre aimait la terre comme un berceau, son sourire semblait une danse, ses jours éclataient de rires, souvent, de gourmandise. Parfois, elle se cachait dans un rêve solitaire, bien sûr, il arrivait qu'elle soit grognon ou absente, quand elle traversait le pont qui mène de la rêverie à la vie, car le pont est étroit.

La fille de terre aimait toutes ces choses, les rêves et la vraie vie, et même, il lui restait encore de la place pour aimer les gens.

La fille de terre n'aime pas vieillir, elle n'aime pas les vieux, elle se demande comment, comment est-ce possible ? Elle le sait déjà trop, elle ne sait pas encore, elle leur parle quand même.

Et quand je vois la fille de terre danser, je comprends le printemps.

Danse
Comme un rêve se balance
Jusqu'à perdre haleine, danse
Attrape la vie et danse.

La fille de fer aimait les légumes en boite, qui ont un bon gout de fer propre. Elle aimait la terre aussi pour courir et sauter dessus, et entendre les applaudissements des gens, et qu'on lui dise qu'elle est plus belle. Elle disait souvent « laquelle tu préfères ? » à propos de tout.

La fille de fer regarde les miroirs avec admiration.

Elle passe entre les choses, les fait tomber sans faire exprès, oups ! Elle ne déplace pas les choses, les choses s'échappent, et puis elle s'échappe. Elle a peur de rouiller.

Elle espionne, les yeux entre deux portes, le cœur au ventre, le cœur perché, chatte.

Va-t-elle griffer, va-t-elle ronronner ?

La fille de fer s'ennuie parfois, elle a tellement peur de s'ennuyer, d'en vouloir à des gens, l'ennui la rend morose, elle perd toutes les roses qui l'ont trouvée si belle, son sourire se dérobe, il faudra du temps pour qu'elle le rattrape.

On dit qu'un bateau s'est échoué pour un sourire de la fille de fer, on dit qu'un marin s'est pendu à ses lèvres, on dit qu'il a perdu la vue, car il ne voit plus qu'elle.

La fille de fer sourit, tissant des promesses d'amour barbelé.

À perdre haleine.

Cours
Si le temps parait trop court
Jusqu'à perdre haleine, cours
Attrape la vie et cours.

*Oublions les querelles
Sempiternelles
Pour tendre la main
Le soleil fait des tresses
La lune paresse
Jusqu'au lendemain.*

Ô contempler !
La fille de terre et de la fille de fer.

Conte de l'homme au masque d'enfer

Et la légende dormait, sous l'arche, auprès de moi, d'une sieste lente. En dessous du niveau de l'amer, où la folie me tenait par le cœur.

C'était la nuit, la nuit éternelle, une nuit sans ivoire, une nuit d'ébène. Et Ben, dont le masque brillait en négatif sous les lunes, traversait la nuit.

Quelques billes dans la main gauche, sous le gant noir. Le gant de la main droite était blanc, environ. Ben entra dans un temple à l'autre bout de la nuit, il commanda un café noir amer, sans ôter le masque.

La bille de feu, la bille d'eau, la bille de terre, la bille de vent, la bille de glaire. Il avait un paletot idéal.

Souriant sous le masque, Ben jonglait avec ses billes, se souvenant de la légende de l'homme à la cervelle d'or que racontait Daudet. Perdre ses billes, c'était peut-être pareil ? Le café était bon et le temple était sale.

Les légendes se bousculent derrière le masque.

L'homme au masque d'enfer, c'est ainsi que par le monde, on se souvient de Ben — et le monde n'est que ce souvenir.
Et tous les noms rêvaient de merveilles pour nommer Ben.
Ou d'un bucher.

On pensa bientôt que chaque bille avait un pouvoir, exaucer des vœux ? Guérir ? Qui sait ?

La bille de glaire fut volée par un apothicaire échappé d'ici ou là. On accusa un troubadour du théâtre du palais royal. Cette bille était glauque, et prenait toutes les formes connues de l'ennui et de la maladie. On pensait sortir de la quintessence de la bille de glaire un remède, un antidote, de l'or peut-être ! Justifier l'espace dans le ciel, prouver le vide !

La bille de glaire avait un côté austère, taiseux, presque hautain, et un côté fuyant, lisse, coloré, hanté par les cellules souches du déni.

La bille de vent était légère, flottait sur les marées, semblait toujours en mouvement sous une légère couche d'hiver en forme de bille.

La bille de terre était peinte aux couleurs de l'arc-en-ciel, on n'en savait pas plus.

La bille d'eau rebondissait comme les gouttes de pluie morcelées, puis se recomposait, vaguelettes sous la houle.

Et la bille de feu chauffait au creux de la main.

Quand l'homme au masque d'enfer tenait les quatre billes dans sa main, il tenait le monde, et le monde dansait. On voyait des elfes, des ondines, des gnomes, des dragons…

Sous son masque, Ben souriait, mais personne ne le savait, il aurait voulu sourire à quelqu'un, dire bonjour, mais comment enlever le masque, et tous ces gens sous leurs masques invisibles, est-ce qu'ils sourient ?

Est-ce qu'ils vont me voler mes billes ?

Pour ne pas perdre ses billes, il les vendit.

Il vendit la bille de vent à un marchand des quatre-saisons.
Il vendit la bille d'eau pour son poids d'illusion.
Il vendit la bille de feu au coucher du soleil.

Et puis il vendit la bille de terre pour un long voyage qui l'emporta loin des siens.

Longtemps.

Pierre le pêcheur

Je connais Pierre depuis l'enfance, depuis Valescure et les plages de l'Esterel. Quand le mistral fait sa ronde et souffle, aiguisant ses larmes stridentes, je me souviens du vieux pêcheur varois rencontré cet été-là.

« Des histoires, j'en connais. Je m'appelle Pierre Simon, j'ai beaucoup d'enfants. Le plus grand vit là-bas, dans la courbe. Lui, ça l'amusait plus de jouer à celui qui pisse le plus loin, alors il a tombé la veste, il a pris son bateau, et il est allé pisser plus loin. Bader l'aventure. Maintenant, c'est plus pareil, avant tu te faisais racketter si tu avais un bar ou une boutique sur le port, maintenant, ils vont te chercher sur le bateau, pour faire le transport.
Et comment dire, il n'y a plus beaucoup de poissons.
Et comment dire, les gamins sont grands, les histoires les intéressent plus trop, c'est pour ça que je viens ici, pour raconter aux touristes.
— Pour le pastis, c'est Pagnol qui l'a dit, le Vitor Hugo de la région, un grand écrivain. Un gros tiers de pastis et trois petits tiers d'eau, ça t'amuse, pas vrai, mais moi, je les ai bien regardés les verres, garçon, et je promets, dans ces verres-là, y rentre quatre tiers à l'aise, et sans forcer !
Je devrais avoir une subvention du Conseil général pour raconter, parait.
Et comment dire, ils disparaitront avant moi, les conseillers, je vais pas me les fader trois plombes en faisant la courbette pour des cacahouètes. »

*

« Je crains dégun, gari, je me suis décalqué tout seul.

Tu vas me dire, les touristes, pour la pêche, ça craint ? Nan, tu vas pas me le dire ? Tu me plais minot.
Et comment dire, les touristes, ils s'intéressent ; surtout les femmes, elles se marrent, c'est joli, tu vas me dire elles se moquent, pourquoi l'accent, on peut s'en moquer.
Nan, tu vas pas me le dire ? Les femmes, elles se bidonnent pourquoi elles sont détendues. En vrai, c'est de la tendresse, petit.
Alors moi, je souris, je souris de mon mieux, il parait que les femmes elles en ont pas tant que ça, des sourires gratuits.
Et comment dire, un sourire, des fois, c'est le luxe ! ».

*

« J'avais un bateau aussi, j'aurai un bateau ; le passé, l'avenir, c'est pareil, c'est ce qu'on imagine, on se trompe le plus souvent, on a souvent beaucoup à dire sur le passé et l'avenir, c'est le moins contestable, et ça se ressemble tellement dans le genre abime et érosion. Je n'ai pas tellement de temps pour le passé et l'avenir.
Et comment dire, je suis un vieux loup amer, désabusé. »

*

« Ha, tu es revenu tchiné, sit doun ! Je ne suis pas un vieux sage, non, un vieux pêcheur, un repenti. J'ai aimé la vie inconsidérément — tu vois, j'en connais des mots avé des syllabes — le Tour de France, le fumet du pot-au-feu...
Caressé une tomate confuse dans mon jardin ce matin, de celles qui adorent se rouler dans le basilic. C'est tout ce que je connais de la sensualité. »

*

« Avant, quand l'année avait été bonne, on vendait un peu de blé, quelques poules aussi, pour payer les gâteaux du dimanche. Des histoires, bah... Il faudrait des mots, et les mots vont trop loin, toujours. Va donc au bout du port, ramasser des crevettes après le quai, à l'endroit où la rivière descend. Tu feras peut-être un loup, pense au fenouil ! Sinon ça marque mal peuchère, t'inquiète pas garçon, je galèje. Tu penses, il se croit, il est plein de lui, le Pierre, le pêcheur. Mais tout ça, c'est des cagades ! »

*

« Mon chien m'a quitté, il est parti avec mes souvenirs, mes envies de vieillesse. Dans cette maison avec de nombreux murs en pisé, engraissés par la Durance. J'ai vieilli quand même. J'ai fini mon assiette.
Les étagères de briques et de broc, les coussins, les jeux d'enfants, la collection d'éléphants miniatures, et cette table de ferme inutile.
C'était un vieux chien sans pantoufles, un chien de guingois, qui s'appelait Maestro, non qu'il réponde à ce nom... Non. Maestro ne croyait pas à l'immortalité, il prédisait l'avenir. Et mon chien me regardait. Prédire l'avenir, lui montrer les crocs.
Et comment dire, t'inquiète pas, gari. »

*

« Tu veux faire quoi plus tard, poète ? T'es pas sorti des ronces. »

Bestiaire de Pierre :

Le Gabian remonte le sentier qui mène à la maison, à pied, tel un facteur dégingandé, avec précaution, se méfiant des animaux sauvages, chiens et chats, que les gens d'ici laissent stupidement en liberté. La décharge est fermée, quoi faire ? Demander l'hospitalité... Bon, au moins le couvert !

Les soirs d'été, quand la nuit se lève, il y a un grand ballet dans le ciel, les colocataires de sous les toits, les chauvesouris planent bas, et les hirondelles rejoignent leurs nids, le nid des petits, c'est à confondre. Incapable de décoller, le chien aboie, c'est dans sa nature... Et les hirondelles passent. Et la chouette ne s'effraie pas ! Elle sortira plus tard.

Un hérisson pointu est venu réclamer la gamelle du chat. Le chat n'était pas d'accord, mais comment faire ? Bill — c'était le nom du hérisson — était très convaincant. Bill respectait les horaires, il venait tous les soirs d'été dans la pénombre des apéros tardifs, et si le chat vexé avait vidé sa gamelle, il acceptait un biscuit salé. Il le réclamait ! Et puis un jour, Bill n'est plus venu.

Deux pies curieuses
Qui bavardent
Et moi épicurien
Un brin curieux
Sais-tu à quoi je pense ?

Pas moi.

LÉGENDES

Je suis l'animal qui se raconte des histoires
Le créateur

Je suis l'animal de fiction
Celui qui cherche un sens

Je suis l'animal qui s'ennuie
Celui qui invente

Je suis l'animal qui millefeuille
Celui qui se souvient

Au ciel
Il n'y a personne dans le ciel.
Dans le ciel, il y a des nuages, il y a le soleil, il y a la lune. La lune change toujours de forme et de couleur, je la regarde souvent. Le soleil, c'est plus difficile, on ne peut pas le regarder, sauf parfois le soir, quand il est presque à l'horizon et qu'il donne des couleurs au ciel.

Dans le ciel il y a quand même des gens, des savants qui voyagent dans leurs grandes fusées. Ils sont là pour brancher des téléphones et ramasser des cailloux sur les planètes. Dans le ciel, il y a des planètes, il y a des étoiles, beaucoup d'étoiles, on ne les voit pas toujours, à cause des nuages ou du soleil qui éblouit.
Il n'y a pas de maison dans le ciel, tant pis.

Dans le ciel, il y a des étoiles, quelquefois, je regarde une étoile, ou un bouquet d'étoiles et je pense à quelqu'un, quelqu'un que j'aime, qui n'est pas là, qui est… en vacances, et je souris.
J'aime bien regarder une étoile et sourire en pensant à quelqu'un.

Et puis, j'aime les histoires, les légendes, les contes, et les souvenirs aussi. Tout le monde aime les histoires, comme il y en a beaucoup, on peut choisir celles que l'on préfère — c'est pour cela que les gens ne sont pas tous d'accord, c'est dommage, ils ont oublié que c'était une histoire. Ce sont des fables, et sans les fables les êtres humains seraient des animaux comme les autres…
C'est important de ce souvenir qu'une fable est une fable, une histoire qui donne des émotions, de la joie ou de la tristesse. Mais ce n'est pas la vérité. En vérité je le dis, il n'y a personne dans le ciel. Et personne ne sait la vérité.

La reine de la nuit
La nuit tu songes à des anges qui lui ressemblent, à des milliers de seins opulents et gracieux qui se balancent ou qui cherchent un abri, tu vois partout ses seins multicolores, évanescents.
Pour te séduire tous les reflets de mes étoiles seront des vagues étincelantes où se noieront tes larmes, toutes tes fièvres m'appartiennent. Je porte en moi toutes les flammes de l'enfer et les tempêtes de l'hiver, tous les diamants toutes les étoffes, émaux et camées.
Je suis la reine de la nuit.

Je suis l'orgueil et le plaisir je suis la passion éternelle
Je prends plus que tu ne peux donner, je suis l'écume de tes désirs
Je suis jalouse et même pire je suis l'amour et son empire
Je suis ton sommeil qui s'échappe je suis l'envers de tout
Je suis la reine de la nuit.

Je suis l'Égypte, des prêtres, un temple, des guerriers, des esclaves, un dragon… Sortilège, florilège de voix, de cœurs. Je suis un opéra féerique et populaire. Je suis le clavecin de Mozart, je suis la flute

enchantée. Je suis l'opéra dans ta rue. Je voudrais une âme où tu ne sois pas, une âme libre qui pourrait te séduire.
Je suis la reine de la nuit.

Quand vient le soir la terre d'ici retourne ces fesses au soleil, et le soleil rougit, mais la terre s'en fout, et les jambes à son cou, elle fait les quatre cents coups. Sur la muraille de chine, elle se balade sans jean, à midi dix pastis, dans les bras du fleuve jaune elle joue les amazones. Et le soir elle est noire, devant son verre de terre. Va donc savoir ? Il y a tant de mystère.
Et toi qui brule toutes tes vies, tu voudrais le soleil à ma place ; et toi qui noie toutes tes vies, qu'est-ce que tu ferais à ma place ? Bonsoir, oui je suis noire, comme toutes les chattes, je griffe tes lèvres entre mes pattes, pour voir si tu aimes le goût de mes baisers jaloux. Je suis noire, et dans ma bière de verre, je regarde au travers.
Je suis la reine de la nuit.
Tu cherches un accord parfait sur le clavier des sens, l'emblème de la paix ? La nuit tu songes à des anges qui me ressemblent, qui te prêtent un abri, tu vois partout mon souvenir inventé.
Je suis la reine de la nuit.

Le vieil homme.
Un vieillard cheminait l'univers, en inscrivant la vie en recréant l'éther, surveillant d'un regard, accoudé aux étoiles, de planètes en planètes, il faisait sa ronde. Si grande était la toile, si lourde sa course vagabonde, sur les sentiers de ce qu'il avait été. D'un monde à l'autre, il cheminait, — d'un port à l'autre. Et pour les aimer tous, il délaissait chacun, confiant comme un enfant. Ses voyages lointains l'avaient rendu aveugle. Tant qu'il ne voyait pas que ses enfants avaient, loin de ses pas, vieilli sans lui, vieilli plus que le temps.

À le voir assis là, rejeté par les hommes, ignoré par les chiens, ma-landrin. Le regard des petits ébahis, son regard planté, pardessus élimé, mal rasé. Les mots qu'il n'attend pas, les rires qu'il ne craint plus. On n'éteint pas le feu dans ses yeux. Pas même un vieux calorifère. Seulement le vieil homme et sa valise, c'est une vieille malle en bois fendue — dont les charnières rouillées racontent des souvenirs parfumés.

« Étranger qui lira ces mots, je suis l'étrange, écoute-moi, je parle d'un sourire que tu ne connais pas. Ce que trembler veut dire, ce que pleurer veut dire — ce qu'aimer peut souffrir. J'ai découvert la contrée des vagabonds, des poètes, des chiens, où tout n'est que murmures. Je bâtirai des rêves autour de ma raison. Je bâtirai des rêves autour de ma folie. »

Tel est l'incertain récit du vieil homme. Dans ses yeux perdus sous un torrent de brume se cachait un enfant.

L'arbre et la légende
Sous l'arbre au bois dormaient la légende et l'enfant.

Des champs à perte de vue. Des fleurs sauvages qu'on ne savait compter, des fleurs de pluie et de soleil, que mille saisons sans doute avaient déposées là, poussière d'or et de feu laissée par une étoile, fuyant vers des rendez-vous inconnus. Des fleurs, mille regards aux couleurs enchanteresses, mille soleils insensés qui égrènent des moires oubliées, des ruisseaux de pourpre à perte d'horizon. C'est une jeune fée qui renait de l'hiver, c'est le printemps je crois.

Et chaque coin de vie, chaque pétale, et le moindre brin d'herbe frissonnant sous le vent, semblent autant de promesses. Parfums mêlés, perles fragiles. Ce paysage-là n'est pas sorti d'un conte, il existe là-bas au cœur de l'horizon, lorsque la nuit se perd en méandres longs, tissant les soirs mélancoliques.

Là, plus vrai que la rumeur, plus tendre que la révolte, fragile comme un cri du cœur. C'était là, simplement, comment dire autrement ; un fil de vie, une lumière particulière et douce, au berceau des saisons, au croisement des vérités. Il y avait en cet endroit quelque chose d'apaisant. Le vieil arbre au grand cœur étendait loin ses branches.

— Grand arbre que dis-tu ?
— Je n'ai pas soufflé mot.

— Grand arbre que dis-tu ?
— Je m'élance au soleil et au vent, enfant, ne pleure pas, mais la légende est morte, des siècles d'hommes en armes ont épuisé ses larmes, elle repose un peu contre mon corps noueux, fragile comme un aveu je t'aime simplement. Tel un écho mêlé du passé au présent.

— Grand arbre que dis-tu ?
— La nuit va se lever je dois me reposer, je suis là pour t'attendre soulager tes blessures. Prends ce souffle léger, la patience et la vie, jusqu'à la fin du monde dans la forêt profonde, je raconte le tendre et douloureux voyage de la légende.

Sous l'arbre au bois dormaient la légende et la belle. Le vieil arbre au grand cœur étendait loin ses branches.

Je m'élance au soleil et au vent.
Je m'élance au soleil et au vent.
Je m'élance au soleil et au vent.

Lorelei
Ich weiß nicht was soll es bedeuten, Daß ich so traurig bin; Ein Märchen aus alten Zeiten, Das kommt mir nicht aus dem Sinn. Heinrich Heine

> J'ignore d'où vient ma tristesse
> Un conte d'autrefois me hante
> Le fleuve coule doucement entre les flancs de la montagne
> La belle Lorelei assise au sommet coiffe sa parure d'or elle chante
> Et sa voix fait écho à l'univers
> Et les vagues m'engloutissent

He Wishes for the Cloths of Heaven
Had I the heavens' embroidered cloths,
Enwrought with golden and silver light,
The blue and the dim and the dark cloths
Of night and light and the half-light,
I would spread the cloths under your feet:
But I, being poor, have only my dreams;
I have spread my dreams under your feet;
Tread softly because you tread on my dreams. William Butler Yeats

> Si j'avais les voiles brodées du ciel
> Drapées de lumière d'or et d'argent
> Les voiles bleues et pales d'ombres et de nuit
> Je les déposerais à tes pieds
> Mais je suis pauvre et je n'ai que mes rêves
>
> J'ai étendu mes rêves sous tes pas
> Marche doucement car tu marches sur mes rêves

Lina, rebelle

Dans un conte égaré, un vieux comte mangeait du comté tout en faisant ses comptes.

C'est ce que l'on raconte…

C'est là que j'ai croisé Lina…
C'était une fois, il y a très longtemps — je ne peux pas te dire, hier ou demain ?

Elle se promenait pieds nus entre deux rires, sur le fil ténu de la liberté.
C'est impossible ?
Peut-être… surtout si l'on n'essaie pas.

Dans le jardin d'à côté vivait un coq de mauvaise réputation, Ovin, c'est le nom que lui donnait un vieil homme courbé. Le coq Ovin était un grand chanteur… En tout cas, il s'entrainait souvent.
« Coqorr'ko ! Coqorr'ko !! »
Bombant le torse et remuant la queue, les plumes au vent.

— Bonjour ! dit Lina.
— Coqorr'ko !
— Tu chantes toujours ?
— C'est dans ma nature. Coqorr'ko !
— Tu ne connais qu'une chanson ?

Le coq vexé monta sur ses grands chevaux ! (C'était un poney, le poney renifla — c'est ce qu'il savait faire.)
— Tu ne peux pas me comprendre, tu es une fille, une fille d'homme !
— Je suis une fille de maman, comme tous les hommes !

Le coq : « Coqorr'ko ! ». Il saute et bouscule une poule. C'était une poule de bonne composition, un peu douce, un peu rousse. Le coq la toisait. Elle avançait en grattant le sol.
Lina : « Oh !! » Le coq : « T'inquiète, c'est une poule ménagère, elle doit couver les œufs, et manger à son tour la tête basse. Coq'cr'rr'koO ! ».

Certains rapportent que Lina donna un coup de pied au coq : « Je n'ai pas appris à me défendre, alors j'attaque ! ».
Et le coq aplati s'enfuit en roulant des ailes.

> Il se renfrogne,
> Il bougonne, il couine !
> Il rogne, il cogne, il grogne : il râle !

Les autres, qui voulaient que le conte soit un peu plus long, et rencontrer le comte, pensent que Lina, courant vers le coq, lui dit :
« Décidément, Coq Ovin, tu manques de voyelles ! ».

C'est ce jour-là que Lina décida de partir en bateau, de traverser la mer jusqu'à l'île après la nuit, à la recherche du coffre aux voyelles.
Lina prit le bateau, la mer et le vent, dans sa quête aux voyelles, accompagnée par un rat migrant, un rat débile ou un rat décent, va savoir ? Et un dauphin blanc, ou bleu, complice.

Elle se disait tout bas : « Je ne voudrais pas être un coq hautain, ni une poule ménagère... »

Le voyage s'est bien passé, sauf quand le rat danseur a voulu danser sur l'eau, imitant je ne sais qui. Le dauphin connait toutes les nuances du rire et de la sympathie...

Et du sauvetage !
Je crois que le rat a dit : « Merci merci merci... ci... ci... ci ! ».

Sur la mer, tous les bleus se répondent et vous bercent le cœur, le temps marque une pause et salue la beauté. Et c'est là, à bord d'un arc-en-ciel, que Lina découvrit les voyelles, de toutes les couleurs[4],

      A noir   E blanc
           I rouge
              U vert   O bleu
    AI jaune
                  OU orange
         AY mauve

Et tant d'autres qui voulaient bavarder avec les consonnes du monde entier.

Dans un conte égaré, un vieux comte mangeait du comté tout en faisant ses comptes.

C'est ce que l'on raconte…

Il s'est encore trompé.

Tourne la page !

---

[4] Les vois-tu, les couleurs, les entends-tu ?

De retour sur terre, Lina rencontra une tortue qui courait lentement dans l'herbe fraiche et indifférente, sous le regard étonné d'une grenouille de grande haleine. Et d'une jeune hérissonne.
Un renard est venu s'assoir près des roseaux, vagabonder au fil de l'eau.
On croyait les entendre chanter.

> *" Nous sommes les animaux*
> *Qui chantent sans un mot*
> *Nous sommes les animaux*
> *Qui voyagent sans drapeau*
> *Ici et là…"*

Un peu plus tard, une pause dans les bras d'un arbre… Lina lisait. Un livre de bois, que l'on peut lire plusieurs fois, avec les mains, avec les yeux…

Le comte hagard, égaré…
Il s'est encore trompé de page le triple Comte !!!

— Bonjour, je m'appelle Jean-Viens de Grandsachant d'Effort des Halles, comte de Saint-en-Poire, de Vortex et de Tour-Billon ! Où cours-tu si vite ma petite ? Je vais t'apprivoiser !
— C'est difficile, apprivoiser et emprisonner, ça se ressemble beaucoup.
— Il faut que tu m'écoutes maintenant, tu dois m'obéir !
— À part, *il faut* et *tu dois*, votre Altesse connait d'autres verbes ?
— Je suis le Maître des injonctions !
— Injonctions, cauchemars, désolation, vous êtes celui qui ferme les portes !

Lina décida de continuer son chemin, ignorant les plaintes et les cris de celui qui prétendait savoir et décider.
— SOIS FORTE ! SOIS PARFAITE !
FAIS PLAISIR ! FAIS ATTENTION ! FAIS VITE !
FAIS DES EFFORTS !

Lina, rebelle :   39

Je veux parler à celui qui raconte ! Se disait-elle en prenant la rue de la pente qui monte, et la nuit tombe.

Après le pont, elle retrouva son ami Éo sur le chemin. Un compagnon sans condition, un Golden Retriever, blond comme le vent du Sud, doré comme l'air du large. Éo attendait Lina avant le pont, comme tous les jours à la fin du jour.

— Ohé ! Éo !
— Ouaf, waouf ! répondit Éo.

Celui qui raconte :
« Je n'ai pas parlé à Lina, et je le regrette un peu, mais elle a ouvert le coffre que j'avais dessiné sur son bateau, avec un sourire libre et fier, et je ne peux pas mieux dire. »

Chanson trouvée dans le coffre :
« Je ramasse
Des liasses
De mots sur les trottoirs
Des mots perdus
Des mots qui servent plus
Galoche, marelle, cerfs-volants, balançoire. »

Lina, rebelle, toi qui dis non avec tant de grâce.

RAFFOUIN OU LES ENFANTS DE L'ARBRE À PLUIE[5]

C'est ton histoire qui parle.
On a déjà du mal à comprendre ce que disent les hommes, alors les arbres ? Il y a parfois comme un murmure, quelque chose comme ça. C'est toi qui fais ton histoire !
Ici, c'est la forêt. La forêt est une déesse, une belle déesse avec des secrets de toutes les couleurs.
Sam est le plus grand arbre de la forêt, il perd un peu ses feuilles et ses feuilles ne repoussent pas. Sam est vieux. Il s'ennuie...
Un jour, dans la grande clairière, Sam fit venir le Conseil des arbres...

VOIX. Salut... salut... salut... chalut... Où est Sam ? Sam !
SAM, *solennel*. Bonsoir à tous.
AARAU, *représentant des grands pins, moustache en épi*. Tu es sinistre Sam, tout est sinistre ici, pourquoi nous as-tu fait venir ?
SAM. Nous voici peut-être pour la dernière fois réunis près de la première souche... Je demande votre attention, votre amitié.
AARAU. Eh bien le conseil est réuni, tu peux parler l'ancêtre.
SAM. Un ancien, oui, l'ancêtre doit partir tôt ou tard, et son souvenir ? J'ai 800 ans, c'est assez pour dormir enfin, mais qui gardera la mémoire ?
BRASIL, *le plus grand des noyers d'Amazonie*. La famille garde la mémoire.
AARAU. La mémoire est la vie, et nous sommes la vie !
BRASIL. La vie, la vie ! Comme mes frères, je sais qu'un jour je serai... Un grand lit où dorment les amants, ou bien, je serai guitare. On se voit peu dans cette vie.
SAM. Ou pas du tout, hélas, je n'ai pas de famille, errant sur place près de la clairière. Tout est sec, c'est tous les jours la Saint-Jean, on brule ici et là, les bucherons nous guettent, je vais mourir, prenez mes feuilles pour écrire mon histoire.

---

[5] D'après un synopsis de Paul-Édouard Imbert.

BRINDISSEAU, *très jeune, arrivé là par erreur.* Les busserons, ch'est sciant.
AARAU. Silence Brindisseau ! On doit tourner la feuille un jour ou l'autre, devenir livre ou bois de chauffage. Je prendrai la relève. *(Rayonnant.)* Je suis prêt.
BRINDISSEAU. On ne va pas danser tous les jours. Oups !
BRASIL. Quelqu'un doit être prêt, toujours.
SAM. Aarau, mon ami, le vent tournera avant la fin du jour sur ton orgueil et tes ambitions ; j'ai connu tes parents, et la grande maladie les a cueillis encore verts. Toi et tes frères, vous êtes si jeunes et si nombreux. Tu crois savoir, tu te crois si solide, mais tu n'as pas d'ancêtres, et je n'ai pas d'enfants, nous devons sauver nos mémoires.
AARAU. Que veux-tu à la fin ?
SAM. Avant de devenir sciure, cendre et poudre, avec ce qu'il reste de moi pour cercueil. Je veux des fils.
BRINDISSEAU. La mémoire, ch'est les enfants.
AARAU. Tais-toi Brindisseau !
SAM. Il n'a pas tort.
BRASIL. Il y a les souvenirs, pourtant, on finit par perdre racine.
SAM. J'oublie, je suis seul et j'oublie, je ne sais plus, la solitude ou l'abandon, c'est tout ce dont je me souviens.
AARAU, *scandalisé.* Mais qui trouvera les graines, il faudrait être un animal ? Un homme, pourquoi pas ! Nous n'avons jamais parlé aux animaux.
SAM. Pour les hommes, le moment n'est pas venu, ce sera lui !

On découvre Raff allongé sur son baluchon aux pieds de Sam.

RAFF, *bâillant.* Moi ?
AARAU. Son Altesse veut-elle dire que l'on remet l'âme de la forêt à ce minus ! C'est impossible, un étranger, un rat dégoutant !
RAFF, *se lève enfin.* Je ne suis pas un rat d'égout ! Je ne suis pas un ragondin ! Je suis un gars dégourdi.
SAM. Tu es réquisitionné pour sauver le monde.
RAFF. C'est que je suis très bien ici, j'y vois beaucoup d'inconvénients…
SAM. Tu seras payé.
AARAU. Dix mille délires, de l'or, des diamants et de la mousse.

Joss, la fourmi, apparait sur un arbre, lunettes noires et biceps de culturiste.
RAFF. Il me parle ? Je ressemble à un arbre, si ça se trouve, je suis un arbre ?
JOSS. Un arbre, où ça un arbre ? Plus vite les filles, on avance et pis c'est tout. Oh, un trou ! *Il tombe de l'arbre.*
AARAU. Et voici ton escorte, bon courage !
RAFF. Alors partons, je voudrais être rentré pour la sieste.
JOSS. Non, Rafou, ne nous attends pas, je dois réunir les troupes et puis nous aurons plus de chances en nous séparant.
SAM. Va, le monde est ta maison, tu leur diras que les arbres à pluie se meurent, que l'oubli dévore la forêt. Va au-dehors, de l'autre côté du lac atlantique, tu croiseras sur ta route le vieux Palu, mon ami, il se souvient peut-être, il te donnera peut-être une direction.
RAFF. Allons donc, comment je m'en sors maintenant, moi ! Allons Rafou !

Il marcha longtemps, à la manière dont marchent les Raffouins depuis le temps des premiers temps, depuis longtemps. C'était presque le jour, c'était presque la nuit, ce n'était ni le jour ni la nuit dans la forêt profonde, enfin, il arriva dans un endroit moins serré, quelque chose comme le bord, enfin, il arriva au bord.
Dans la mangrove se regroupent et se croisent les palétuviers et leurs racines. C'est là que vit Palu.

PALU. J'aime bien cet endroit, le fleuve descend, mais il reste toujours le fleuve et les feuilles flottent sur le fleuve qui les emporte, mais il reste toujours des feuilles… Hello, les feuilles !
RAFF. Bonjour Monsieur !
PALU. Je me souviens de la belle IRISA, la reine de la forêt d'avant la première nuit. Il reste cette souche. On se retrouve là, on passe beaucoup de temps à se souvenir, quand on a le temps.
RAFF. Je viens de la part de Monsieur Sam !
PALU. Ha, la reine IRISA !
RAFF. Vous savez le grand Sam !
PALU. Elle disait, nous sommes les enfants de la terre, il y a le vent et la tempête, mais le vent qui nous berce ; il y a l'eau de la pluie et l'orage, mais la pluie qui nous abreuve, il y a l'incendie et le feu du soleil, mais

le soleil qui pousse nos sèves, l'eau, le vent, et le feu des enfants de la terre, et le rêve qui nous raconte…
RAFF. C'est très beau, mais je suis inquiet pour Sam !
PALU. Sam ? ! Les papillons noirs ont tout détruit autour de lui, seul, il a survécu… S'il n'y avait pas ces maudits papillons noirs, la nuée, la tempête, tous les arbres décimés, les parents de Sam et tous les autres… les enfants, les oncles. *De plus en plus excité.* Oh ! Les papillons noirs, les papillons noirs. Ça recommence, il faut se battre ou mourir, les arbres à pluie sont morts !

Raff recule, recule, recule, et tombe à l'eau.

RAFF. Au secours ! Gloup… blop… argl…
RAYMOND, *le pélican passait par là, un peu désœuvré.* Salut, ça baigne ?
RAFF. Blop, gloup… Par hasard, tu ne m'aiderais pas à sortir de là, sans te déranger ?
RAYMOND. Qu'est ce qui t'amène ?
RAFF. Je suis tombé sans faire exprès, blop… En essayant de sauver le monde.
RAYMOND. Moi, j'ai un cousin là-bas dans le monde, petit…
RAFF. Mais j'ai raté la marche et me voilà, blop… C'est un vrai problème et je n'ai pas mangé, Co… co… comment je m'en sors maintenant !
RAYMOND, *semblant l'ignorer.* J'ai des cousins ici et là, parfois on fait la route. C'est quoi la monnaie d'ici ?
RAFF. Le délire, je suppose, blop… Aide-moi !
RAYMOND. Ça fera 500 ! *(à lui-même.)* Un délire, un dollar, c'est pareil. Tu sais, moi aussi je fais des trous dans l'eau ! Je mets le bec dans le trou, l'eau rentre et quelquefois un poisson avec, les poissons tombent toujours dans les trous d'eau. J'y retourne !
RAFF. Attends, je dois trouver les arbres à pluie pour sauver Sam !
RAYMOND. Ce n'est pas si difficile, on appelle un pote ou plusieurs, on fait un tour du monde ou presque, ou bien un tour du lac, on s'fait une bouffe. Pour le transport, nous organisons aussi les livraisons de saumons, de sardines, blablabla…
RAFF. Je paye ! Attends, c'est d'accord je paye ! Mais pour le prix, tu pourrais bien m'emmener au pays des arbres à pluie.

RAYMOND. Allez grimpe ! Je t'emmène en Afrique.
RAFF. Tu connais les arbres à pluie ?
RAYMOND. Non, mais j'ai un cousin là-bas, petit.

On se souvient que Raff, n'écoutant que son courage, parcourait le monde avec beaucoup d'inconvénients pour ramener des enfants à Sam, l'arbre à pluie, il traversait l'océan, un océan, un grand, escorté par Raymond — tout le monde connait Raymond — ils volèrent longtemps, surtout Raymond, mais, au moment du ravitaillement, en piquer-gober, Raymond faillit bien renverser une baleine bleue. (Les baleines sont mal indiquées dans le quartier.) Voici ce qu'on raconte :
LA BALEINE BLEUE, *à Raymond*. Salut Dick ! *(Regardant Raff.)* Encore un clandestin pour la mer promesse ?
RAFF. Ben, je cherche l'arbre à pluie, on s'est trompé d'histoire ? C'est qui Dick ?
RAYMOND, *tout bas à Raff*. Elle me confond toujours avec mon cousin qui est GO dans la marine des states, il s'appelle Richard, et chaque marine à un surnom petit ! *(à la baleine.)* Salut belle, Dick, c'est richard, moi, c'est Ray, tu nous camboules beauté, on va vers les sardines.
LA BALEINE BLEUE. Ils disent tous ça ! Allez, monte, maudit Dick, ah ah ! *(toboggans, vents et hurle vents... plus loin...)* Je n'irai pas plus loin, tu peux voler Dick.
RAYMOND. Bof, je suis à peine délassé.
LA BALEINE BLEUE. Sinon, prenez le prochain thon !

Ils attendirent un peu, Raymond en profita pour faire le plein de poissons frétillants, et Raff, ma foi, marmonnait ce qui ressemble un peu à une prière — quoique je n'en connaisse pas tellement — enfin ça parlait de sable chaud et de Raffouine... Effectivement, un banc de thon passa bientôt, rapide et sans mayonnaise, Dick, pardon ! Ray, n'ayant jamais porté beaucoup d'intérêt à la politique, trouva toutefois les thons trop rouges, alors ils reprirent leur vol.

RAYMOND. Nous y voilà, c'est 500 !
Les pélicans Ange et Doumé paressent sur la plage.

ANGE. Regarde Doumé, on ne dirait pas Raymond là-bas ?

DOUMÉ. Si, c'est Raymond.
ANGE. Raymond qui revient du Brésil cousu de délires. Brodé d'écailles d'argent.
DOUMÉ. Oui, ce Raymond-là.
ANGE. Toujours à l'heure pour la sardinade !
DOUMÉ. Adieu… Raymond !
RAYMOND, *à Raff.* Salut petit ! N'hésite pas à m'appeler pour le retour, c'est le même prix.

Raff avance exténué, portant son baluchon, il croise Blondy, le cocotier.

BLONDY. Oh, tu vas t'épuiser ! Où vas-tu donc ?
RAFF. C'est que je cherche l'arbre à pluie, c'est encore loin ?
BLONDY, *lancinant.* Cool garçon, remets-toi.
RAFF. Je suis perdu ?
BLONDY. On est très bien ici, on voit du monde de toutes les couleurs. J'aime bien les couleurs, surtout si on mélange. Doucement.
RAFF. Co… co… comment j'm'…
BLONDY. Tu stresses, tu speedes, tu veux qu'on en parle ?
RAFF. Mais l'arbre à pluie, c'est de quel côté ?
BLONDY. Il te faut voir Mama Bao, elle sait y faire avec la pluie, elle a toujours de l'eau pour les passants, mais elle est surbookée, là-bas, plus loin dans la savane.

Raff part en volant une noix de coco.

MAMA, (*baobab imposante*) *chante.*

Moi je suis l'arbre qui partage
Quatre saisons et davantage
Moi je suis l'arbre qui protège
Les champs les villes et les villages
Moi je suis l'arbre qui soulage…

RAFF. Bonjour Madame !

Raffouin ou les enfants de l'arbre à pluie :

MAMA, *le regardant distraitement*. Je m'occupe du village, j'ai beaucoup à faire...
RAFF. Ouf, j'ai traversé le lac Atlantique, ce n'est pas pacifique ! Me voilà.
MAMA. Tu es bien maigrichon pour un si grand voyage.
RAFF. Heu...
MAMA. J'ai peu de temps, il y a tous ces petits d'hommes à fesser, à dorloter.
RAFF. C'est à cause de l'arbre à pluie, et puis Sam, il m'a parlé !
MAMA. Les arbres à pluie ? Non, crois-tu que j'aie le temps de me promener ? Pour trouver l'arbre, il faut chercher la pluie. Je connais Bounty, l'arbre à pain et Tom le fromager, l'arbre à palabres et...
RAFF, *bougonnant*. Et puis, j'ai faim Madame Bao !
MAMA. Prends toujours cette galette. *(En même temps occupé à toutes autres choses.)*
RAFF, *à lui-même*. Eh bien, j'ai rempli mon sac, mais toujours pas d'arbre à pluie.

Il part et revient à plat ventre voler des graines.

MAMA.
*Cherche la pluie loin du rivage,
Tu verras les arbres sauvages...
Moi je suis l'arbre qui protège
Les champs les villes et les villages...*

Poursuivant sa course, qui ressemblait par moments à une glissade, Raff arrive au bord d'une rivière, il fait connaissance avec Loula, la loutre.

LOULA. Houhou ! Elle est bonne, viens ! Tu ne flottes donc pas ?
RAFF. Je tremble, je vois trouble, j'ai la peur aux trousses, elle est sur mes traces avec ses tresses féroces, mort de frousse ! Je vais me cacher sous la mousse.
LOULA. Je crois que j'ai trouvé un radeau !

Elle attrape une branche de bois flottant, ou flotté, — je ne sais plus.
RAFF. Un rat d'eau ? Je serai plutôt un rat dingue.
LOULA. J'aime glisser sur l'eau et dans l'eau, ici, c'est l'eau de Loula, *(elle chante.)*

Fofolle, cabriole, pirouette
Batifole, caracole, pirouette
Virevolte.

RAFF. Loula, as-tu fini de te pomponner, de badiner ?

LOULA. Elle est bonne, tu ne viens pas ? J'ai construit une maison dans l'eau d'ici. Hou hou hou…
RAFF. Tais-toi donc un peu, je dois remonter la rivière pour trouver la pluie, je dois remonter la pluie jusqu'à l'arbre.
LOULA. Viens donc dans l'eau, ici ou là.
RAFF. Non, j'ai déjà pris un bain ce matin, je ne voudrais pas en prendre l'habitude.
LOULA. Tu dois traverser la rivière, puis le territoire des fourmis, le chemin est dangereux, mais ce n'est pas si loin.
RAFF. Dangereux, je suis courageux, mais pas éternel. Et puis j'ai peur et Sam va mourir, la forêt va oublier et l'oubli, ce n'est pas grand-chose. C'est juste un instant qui dure tout le temps, un instant sans musique et sans parole.
LOULA. Prends le tronc et traverse !
RAFF, *réfléchissant*. D'abord la rivière et puis le territoire des fourmis qui convoient les graines…

LOULA, *chante.*

Ailleurs c'est l'au-delà
Ici c'est l'eau
L'eau de Loula
L'eau de là

C'est l'eau de Loula
Ici ou là
Où est Loula
Ici c'est l'eau de Loula...

RAFF. Les fou fou... les fourmis !
On devine que les fourmis poursuivent Raff, il court et grimpe sur une branche.

RAFF. Salut, moi c'est Raff, *(un temps)* je viens de la part de Sam.
TAM. Je connais...
RAFF. Il te ressemble... en plus vieux.
TAM. Je m'appelle Tam. Tu connais l'oncle Sam ?
RAFF. Je cherche des graines pour planter des petits Sam.
TAM. Je vois, ici, nous avons un accord, nous confions les graines aux fourmis, en échange, elles protègent nos pousses et récoltent les œufs des papillons noirs. Alors, il y a moins de chenilles.

Raff est subjugué, il s'assoit.

JOSS. Hey, t'es assis sur moi !
La fourmi écrasée se secoue et remet ses lunettes.

RAFF. Tiens, te revoilà ?
TAM. Il te faudrait dix graines et l'appui des fourmis, en échange de ta galette !
JOSS. Les fourmis, c'est MOI !

Justement, les autres fourmis apparaissent.

JOSS. Les fourmis ! Je vais faire la circulation.

Ils s'enfuient, laissant Tam rieur. Raff dérobe quand même un sac de graines.

LE CHEF DES FOURMIS. Je te retrouverai !

Ils atteignent la rivière (je veux dire Raff et Joss) et le tronc.
JOSS. C'est une ile, la Terre est une ile ! *(pédant)* Je l'ai toujours su.
RAFF. Je refuse de quitter l'île, je ne suis pas étanche… Les fourmis nous rattrapent, Raymond, j'arrive !
Les pélicans vautrés sur la plage autour d'un monticule de poissons.

ANGE. On ne dirait pas le petit Rafou ? Je demande la grand-mère gambas.
RAYMOND. C'est lui, il n'a pas tellement changé, pêche !
DOUMÉ. Si tu pars maintenant, Ray, tu vas manquer la prochaine sardinade.
RAYMOND. Doumé, ce petit me plait, et je m'attache facilement… Dans la famille Brochet, je demande l'alevin.
ANGE. Pêche !
RAYMOND. Hum, bonne pêche !
RAFF. Ohé Raymond !

Le chef des fourmis — on se souvient qu'il y a maintenant beaucoup de fourmis dans l'histoire — lui barre le chemin.

LE CHEF DES FOURMIS. On se retrouve rat dingue ! On ne passe pas. Qui es-tu pour voler nos graines ? *À Joss.* Hi ! *(tape sur la tête)*
JOSS. Aie !
RAFF. Ben… Les graines… Elles sont tombées dans mon sac sans faire exprès.
LE CHEF DES FOURMIS. Rends-les-moi !
RAFF. Je ne vais pas tarder, tenez, je vous échange les graines contre cette galette !

Mais la galette est tombée, les trois quarts sont au sol, livrés aux fourmis, Raff ne tend qu'une petite part.

LE CHEF DES FOURMIS. Tu n'es que le morceau d'un rêve, la galette est déjà à nous, tu n'auras rien pour les miettes.
RAFF. Il ne me reste que dix graines, Co… co… comment je m'en sors, j'ai promis à Sam.
JOSS. Donne-lui les autres graines et pis c'est tout, Rafou.

LE CHEF DES FOURMIS. Quelles graines ?
RAFF. Deux superbes graines de baobab !
LE CHEF DES FOURMIS. Deux ?
RAFF. Mettons trois ?
LE CHEF DES FOURMIS. Bien, très bien, tu peux partir, Tam m'a tout raconté *(à Joss)* et c'est toi qui protègeras les pousses. Hi !
JOSS. Aie !

Les voilà partis, à dos de Raymond, escortés par Ange et Doumé.
RAFF. C'est encore loin les Amériques ?
RAYMOND. Moi je…
JOSS. Tu ne peux pas fermer ton bec, je sens déjà la mer, je vais m'évanouir.
RAFF. Oups, une graine à la mer !
ANGE. J'ai !

À leur arrivée, Raff et Joss furent accueillis en héros, la fête organisée en leur honneur reste dans toutes les mémoires, clôturée par la danse des fourmis dispersant les graines.

Longtemps, j'ai cru que les arbres vivaient au bord des routes se déplaçant en file indienne, fuyant va savoir quoi, mais la route continue toujours. À moins qu'ils naissent simplement dans les dessins d'enfants ?

Moi qui suis à peine un arbre, je suis un arbre à peine.

*L'arbre rôdeur je suis caché derrière
L'arbre rieur qui me balance
Voici l'arbre qui rit
Des enfants sur les branches
Qui se balancent au soleil
Quand le soleil se penche
Sur leurs jeux éclatants*

*Et puis l'arbre aux songes
L'arbre chanteur qui caresse les voyelles
Que le vent promène en tourbillon*

*Est-ce que c'est le jour est-ce que c'est la nuit ?
Est-ce autre chose ?
Un instant isolé qui chante et s'enfuit
Un instant de mots sans fard
Que l'on entendra plus tard*

*Plus tard quand les enfants s'endorment
Dans nos cœurs fatigués
Étonnés d'envies
Dans l'ivresse fragile du souvenir*

Maintenant

*Tu as goûté l'eau du grand fleuve
Tu entends le vent dans les branches
Tu caresses la terre à tes pieds
Tu peux sentir le feu de la vie
Ouvre les yeux !*

*L'eau le vent la terre le feu
Je veux dire le rêve*

Théâtre

UN ROMAN DE RENART

Emprunté à diverses branches
ET AUTRES MENTERIES

Festival d'Avignon 2000 et 2012

Renart est-il mort ou vivant ?
Il nous a trompés si souvent
Rit du prochain et du suivant
Mais qui le sait ? Pas les savants.

On l'a chanté aux quatre vents
Depuis les marches du Levant
Et depuis les siècles d'avant
Qu'importe il est toujours devant.

Moquant le pardon des couvents
Récoltant des amours fervents
Et des anneaux de passavant

Et moi je raconte aux vivants
Et moi je raconte en rêvant
Leur part de Renart tout à l'heure.

PRÉFACE de Maurice Baud

Qui sait dire comment on se rencontre ? La vie est mouvement. Les rencontres sont des mondes en mouvement l'un vers l'autre. Si j'ai rencontré Bruno Cosson, c'est la faute à la dérive des continents ! Et tant mieux pour nous. Nous avons échangé ses vers et mes notes, pour commencer. Et puis l'idée m'est venue de faire l'acteur. Et peu de temps après, des souvenirs sont venus. Et des envies de jouer. De jouer un morceau de bravoure.

Les souvenirs, c'étaient ceux d'une histoire entendue lire par la maîtresse remplaçante de quand j'avais 10 ans. J'en étais amoureux, elle était belle et je me sentais le droit d'aimer. Je n'avais pas entendu toute l'histoire car je m'étais endormi comme presqu'à chaque fois que l'on me faisait la lecture. Mais si je ne l'avais pas entendue toute, j'avais rêvé ce qui aurait pu me faire défaut. J'avais donc le souvenir d'une histoire entendue-rêvée. Mais je ne savais pas trop m'y prendre avec les mots. J'étais devenu acteur pour pouvoir me montrer nu, habillé par ce que je croyais être les mots des autres.

Pour ce costume de Renart, il me fallait un Tailleur de Rêves. J'ai demandé à Bruno. Il a écrit Renart pour moi, je le sais. Je ne le joue jamais sans penser à lui. J'ai créé ce spectacle en 2000 au Festival d'Avignon. Je l'ai joué 15 jours, sans réelle préparation. Le bouillon assuré. Il était au rendez-vous (le bouillon). J'ai conçu en 2011 une version pour appartement. Au fil des ans et des rencontres, il a repris le chemin des salles, et c'est ainsi que l'aventure continue.

Aujourd'hui, ce Renart-là rencontre le succès à chaque représentation, c'est-à-dire que les gens qui le voient ont des yeux d'enfants. Certains même, s'endorment pendant les représentations ! et je sais reconnaître cette marque de confiance à sa juste valeur. Ils ont sûrement rêvé les passages manquants... Je vous souhaite, bien sûr, d'avoir vu ce spectacle. Mais je vous souhaite aussi de lire le texte qui suit, en entier ou par petits bouts, de le lire à voix haute, en le mâchant bien ! Pour le savourer jusqu'au bout. Bon appétit.

LES ANGUILLES

Seigneurs, à l'heure où tout décline,
Que le beau temps d'été s'incline,
Que l'hiver revient en saison,
Renart était en sa maison.
Toutes provisions perdues,
Quelle triste déconvenue !
Rien à donner ni acheter
Qui puisse le réconforter.
En ce besoin, il prit la route,
Transi, hagard, et l'on sans doute,
Se cachant derrière les pierres,
Entre le bois et la rivière,
Tendu, guettant de toute sa peur.
Car la faim compte les heures
Car la faim lui fait la guerre.

Or se rapprochent à grande allure,
Deux marchands, de poissons pour sûr,
Charrette et paniers bien remplis
De poissons frais, gros et petits,
De harengs, de lamproies, d'anguilles
Qu'ils iront vendre dans la ville.
Renart voit la carriole chargée,
D'anguilles et de lamproies chargée.
Il court les chemins et les voies
De traverses sans qu'on le voit
Pour devancer les provisions,
Et préparer sa trahison.
Il aura sa part tout à l'heure.
Car la faim compte les heures
Car la faim lui fait la guerre.
Lors, « il est allongé dans l'herbe,
Sous la nue, pâle dans son lit vert

Où la lumière pleut. Les pieds
Dans les glaïeuls, il dort … » Priez
Pour son salut car le trompeur
Qui n'avait ni honte ni peur,
La gueule ouverte et les yeux clos
Se laisse porter comme ballot,
Et jeter dessus la charrette
Quand les marchands jugent, mazette,
Trois sous, puis quatre la pelisse.
Renart dans les paniers se glisse,
Engloutissant avec ardeur.
Car la faim compte les heures
Car la faim lui fait la guerre.

La gueule pleine de harengs,
Trente, et sans accommodement,
Voyez comme il s'accoutre
De chapelets d'anguilles en outre,
Dont il est bientôt recouvert
Sans avoir été découvert,
Puis il s'élance avec ses proies,
Amusé par le désarroi
Des deux marchands voulant poursuivre,
Fort tard, le chapelet de vivre,
Il dit rieur à leur encontre :
« Je suis ravi de la rencontre ! ».

Faut-il en vouloir au voleur ?
Car la faim compte les heures
Car la faim lui fait la guerre.

LE PUITS

Renart était d'une nature généreuse.

Si tu as un peu de temps, je vais te raconter l'histoire de Renart le goupil. L'histoire que racontaient les parents de nos grands-parents. L'histoire d'avant la légende. Les plus nobles troubadours ont chanté la quête du sacré Graal, le Chevalier de la charrette, Robin des bois, et quelques-uns, mais le plus insolent, le plus re-belle, le plus charmeur, s'appelait Renart, goupil et Baron de son état. Et je peux vous raconter une histoire qui vous fera rire, si vous ne cherchez de morale. Et, si la vie des Saints vous ennuie, cette anecdote vous plaira.

Maintenant, que chacun se taise, car écoutant bien, vous trouverez quelque chose à retenir. On me prend parfois pour un fou, il y a beaucoup de déchets dans les pensées d'un fou, mais on y trouve quelquefois de sages paroles. C'est de Renart, vous le savez, on vous en a parlé déjà ; Renart charmeur, Renart trompeur, Renart qui vient de la mauvaise école, personne ne peut berner Renart, personne n'est plus habile et voyou que Renart, personne n'est plus discret que Renart. Un jour pourtant, il eût mésaventure, personne n'est à l'abri d'une folie. Je vais vous raconter cette histoire, je l'ai déjà dit.

Un jour, je ne sais si c'était le printemps ou l'hiver, il partit quérir sa nourriture loin de chez lui, car le pays souffrait la disette. La faim le torturait, et son ventre et les boyaux qui sont dedans gémissaient en s'étonnant quand même de ce que pouvaient faire ses dents.
Il quitta la forêt, courut par les sentiers et finit par trouver une ferme près d'une abbaye de moines blancs, ou noirs, je ne sais plus. La ferme était entourée, je ne peux vous mentir, d'un fossé profond rempli d'eau saumâtre, blanche, ou noire, je ne sais plus. Une ferme de belle tenue, regorgeant de poulettes et de chapons.

Renart s'arrête près du fossé, il fait le tour de la ferme sans trouver ni pont ni planche, il court à gauche et à droite, abandonner si près du but ? Il s'accroupit devant la porte, personne à la ronde, il s'allonge, il s'élance, il tend l'oreille, les deux, il a grand peur d'être surpris, car les moines ces malappris pourraient bien le dévaliser et même le retenir en otage. Il transpire, il s'égare, il repart, les poulettes sont bien maigres !

Mais la faim le tourmente, il revient sur ses pas, toujours personne, il traverse la cour à plat ventre, il s'engouffre dans la grange, il aperçoit trois belles poules blanches, ou noires, je ne sais plus, il les étrangle, en croque deux, emporte la dernière enfin pour la faire cuire. Il a soif, le puits, il voit le puits au milieu de la cour, il court, il ne peut atteindre l'eau, il y a deux seaux dans le puits, l'un vient et l'autre va. Voici ce qu'il advint :

Renard s'accoude sur le puits, soucieux, marri et fatigué. Il regarde dedans le puits, il voit une ombre, un reflet. Lui, le filou, il croit voir Hermeline, sa femme qu'il aimait tant, bien sûr il ne l'a jamais avoué, plus tard il raconta qu'il avait trébuché et s'était rattrapé à l'un des seaux, mais c'était elle, il l'avait vue, il lui avait parlé. Enfin... Le voilà dans le seau, et dans le puits. Il en sortit pourtant et retrouva à l'occasion toute sa verve et son aplomb. Isengrin qui courait lui-même les bois et la campagne pour se nourrir, arriva opportunément devant ce puits. La nuit brille de clair de lune et Renart trempe dans son seau, il entend le loup...

Isengrin s'accoude sur le puits, soucieux, marri et fatigué. Il regarde dedans le puits, il voit une ombre, un reflet. Il croit voir Hersant sa femme, qu'il aimait dans le temps, il ne l'a jamais avoué, car il la vit avec Renart. Il hurle et se lamente, c'est ce qu'il fait le mieux. À la fin, Renart lui parle du fond du puits, et voici ce qu'il dit :
— C'est bien moi Renart, ton voisin, ton compère, que tu chérissais comme un frère. Je suis mort vois-tu, et tu peux me pardonner la farce de l'autre jour, car mon âme est en paradis, compère, je suis comblé.

Isengrin est assez troublé, il pardonne bien volontiers et demande des précisions.
— Ici, continue Renart, sont les plus grandes richesses, les prairies et les champs sont pleins de vaches et de brebis, de chèvres, de lièvres, et les

rivières… De brochets, de truites, de saumons, c'est bien ce qu'il lui dit, et l'autre le croit, c'est son habitude.

Le loup, ce grand bêta, remarque que si la mort est ainsi, il veut bien mourir aussi.
— Oublie cela, il est impossible que tu entres ici, tout le monde n'a pas accès au paradis, et tu n'as pas les qualités requises ! S'il m'en souvient, tu m'as accusé à propos de ta femme, et tu as dit partout que j'avais insulté tes enfants ?
— Je vous ai vu moi-même et je vous pardonne en bonne foi, mais faites-moi entrer céans !
Renart lui fait réciter le Pater Notre, et pardonner la terre entière. Isengrin prie, le cul tourné vers l'Orient et la tête vers l'Occident, puis il dit « j'ai prié Dieu ! » Renart l'accuse de tricheries, de trahisons, de félonie, et l'autre lui dit merci pour gagner son paradis — Je connais des tas de gens qui font ainsi.
— As-tu confessé tes péchés ?

— Oui, à un vieux lièvre et à Dame Djali la chèvre, compère, faites-moi entrer là-dedans plus hâtivement !
Comme il commence à prendre froid, Renart convient qu'Isengrin s'est assez repenti et qu'il peut prendre place sur la balance des âmes. Et tandis que le loup descend, Renart remonte, à mi-chemin, ils se croisent.

Et Renart prend la peine d'expliquer à son compère, qui s'étonne un peu :
— Je vais vous informer de la coutume. Quand l'un arrive, l'autre s'en va, et la coutume se réalise. Je vais en paradis là-haut, et toi en enfer en bas !

LE SIÈGE DE MAUPERTUIS

À cette époque, Noble était le chef de ce pays, le Prince, le Roi, l'Empereur ! Enfin, quelqu'un de respecté et craint, un habitué des flatteurs et des courbettes, un lion ; d'autres en ont parlé mieux que moi. Renart, je dois l'admettre, n'était pas des courtisans de ce seigneur le plus dévoué, et l'on rapporte ici ou là qu'il fit usage à son encontre de quelques moqueries. Mais qui n'en fut pas l'objet ?

Un jour que le roi tenait sa cour, à force de plaintes et de larmoiements, de médisances et de calomnies, de menaces de révoltes — même les plus grands ne sont pas à l'abri de tels aléas, hélas — à l'issue d'un repas plus arrosé que d'usage, et plus fourni en bassesse sans doute, il fut question d'assiéger le château de l'odieux goupil, et de lui faire payer tous ses méfaits, rendre raison au polisson ! Après qu'ils eurent ensemble épuisé toutes les lamentations, et les tonneaux de vins d'Arbois, les barons se tournèrent vers le roi et lui dirent :
« Sire, Votre Altesse, Majesté, quand partons-nous ? » Sa Grandeur se leva et dit « allons-y ! ».

Ils partirent... Ils marchèrent plusieurs jours, ils dormirent plusieurs nuits, car le soleil était leur guide, Maupertuis étant sise dans un comtat du sud. Lors, ils arrivèrent ; et devant la formidable enceinte le roi s'arrêta et dit « je suis venu ! ».

Il vit les murailles.
Il vit les tours et les donjons.
Il vit les murs de forteresse.
Il vit les fossés et les murailles,
Solides épaisses et hautes.
Il vit les fossés et les créneaux.
Il vit le pont relevé.
Il vit tout cela et dit « j'ai vu ! ».

Alors ils s'installèrent, se dispersant autour du château, chacun dressa sa tente, et le soir venant, on fit force ripailles et beuveries, et mauvais jeux de mots, les rots sonnaient comme l'angélus. Ils étaient tous là, Isengrin le loup, Chanteclerc le coq, Brun l'ours, Brichemer le cerf, Tiécelin le corbeau, Tibert le chat, Roussel l'écureuil, Grimbert le blaireau, certains avec leurs épouses — dont quelques-unes connaissaient bien Renart. Et l'aube tomba sur tous les fronts.

Le roi se leva et dit « allons ! ». L'assaut fut terrible et dura jusqu'à la nuit. Quand il cessa enfin, sous les quolibets de Renart, et devant le mépris de leurs femmes, les barons dormirent bien mal. Six mois durant, le château résista aux attaques, sans qu'une pierre fût déplacée. La rage des assaillants n'avait d'égale que la désinvolture et la gaieté de Renart. Un soir que chacun s'était endormi auprès d'un arbre, et que la reine, fâchée contre son mari, dormait seule dans sa tente, Renart sortit en toute impunité ; les voyant tous étendus, il les attacha solidement par les pieds ou par la queue, puis il s'approcha de la reine étendue sur le dos, il se glissa entre ses jambes.

La Reine, sans doute, pensait que son époux confus rentrait — si j'ose dire. La reine, reprenant ses esprits. La reine, soudain fut ébahie, fâchée d'avoir été trahie. Et par trois fois, elle le maudit, la quatrième, s'évanouit. Et poussa un cri qui réveilla les dormeurs empêtrés dans leurs liens.
Renart, pour son malheur, avait oublié d'attacher Tardif, le limaçon, le porte-fanion, un acrobate ! Il fit tant et si bien, qu'il défit les liens, tranchant à quelques-uns un bout de queue, à d'autres le coin de l'oreille — la mode en est restée fameuse — beaucoup restent emmêlés dans la précipitation. Puis Tardif, le seigneur, c'est là son fait de gloire, voyant Renart prendre la fuite, le rattrape par une de ses pattes. Enfin, Renart fut pris.

On l'amène au roi, Sa Majesté, dans sa grande clairvoyance, prit la parole et dit « qu'on le pende ! ». Tous se bousculent pour lapider le larron, tous le frappent et le houspillent, le rat Pelé se jette sur lui au milieu de la cohue, Renart le saisit à pleine gueule, serrant si fortement entre ses crocs que l'autre ne peut se retenir de mourir, dans l'ignorance de tous. Chacun tire et pousse pour être le premier. Roussel regarde à gauche, regarde à droite, il se retourne, regarde à droite et à gauche ; Isengrin, d'une grande massue à deux mains, abat tout plat Renart, le voilà pelé, détiré, détaché, la peau ôtée, à la fin sous les coups, en plus de quatorze endroits il a besoin de fil et d'aiguille, il se recommande aux douze apôtres, pas un de moins, il a peur de perdre son écorce, il a peur de perdre son paletot.

Renart avait peu d'amis.

Grimbert, qui était son parent et son ami, pleure et ne sait comment lui porter secours. Dame Fière, la reine, encore frémissante, s'approche de lui : « Seigneur Grimbert, Renart par sa conduite reçoit aujourd'hui grand dommage — discrètement à l'oreille — en grand secret, parlez-lui et donnez-lui cet anneau, cet anneau le protégera, dites-lui de ne m'oublier pas, s'il échappe et si Dieu le veut, j'aurai bien des pensées... Qu'il vienne cueillir en cachette et sans mépris, mes intentions sont pures, qu'il accepte l'anneau, que j'entende toujours cet air que j'aime tant ! Les hommes, les hommes sont dangereux, violents, stupides, et celui qui m'a trompée n'était pas le moins honnête. Je veux le voir en tête à tête, pour l'amour qu'il a promis, d'ailleurs qu'importe, allez, mon ami et sauvez-le ! Si cet homme est un larron, que Dieu protège les larrons, les traîtres et les félons, les félons et les traîtres, et que demain je m'en souvienne. »
On s'apprête à pendre Renart, lorsqu'arrive une troupe chevaleresque — il s'y trouvait bon nombre de femmes en pleurs — à leur tête, Hermeline, l'épouse du goupil et ses trois fils, déchirés de douleur. On les vit s'arracher les cheveux et déchirer leurs vêtements à bride abattue, on entendait leurs cris à une lieue de là. Ils traversent la foule, ils sont à genoux devant le roi. Leur mère les a devancés.

— Sire, je te donne cette rançon pour un simple pardon. Je sais qu'il n'est pas dans la coutume qu'une femme ose s'adresser au roi, il n'est pas dans la coutume qu'une femme réclame son mari volage, mais celui que vous avez jugé est celui que j'aime. Je suis à vos pieds pour sauver celui-là qui a pris mon cœur et doucement me réconforte.

Le Roi regarde le trésor de pièces d'argent et d'or et dit :
— Je suis touché, mais j'ai promis une pendaison à mes barons.
— Sire, au nom du Dieu auquel tu crois, pardonne-lui pour cette fois.
Le roi regarde le trésor de pièces d'argent et d'or et dit :
— Au nom de Dieu ... Je lui pardonne. Mais la prochaine fois, il sera pendu !
Renart alors embrasse sa femme et ses enfants.

— Quel est le mot qui dit cela, que l'amour est là où tout commence. J'attends dans l'ombre la fin de vos romances. On racontait votre mort, j'ai pleuré et j'ai gémi, à quoi sert si vous êtes mort que je vive ?

Regarde les barons qui tremblent vengeance !

Renart prend congé, la tête haute et vivement. Il lui faut franchir la garde ! Cinquante et quatre chiens étaient postés, les plus fidèles des compagnons, l'élite des chiens, sans conteste, tous ennemis jurés de Renart, mais Renart a pris la fuite.

Roenel l'aîné, le chien de maître Frobert, et Pillard, le chien de Robert — le curé de la paroisse — les premiers le prennent en chasse.

Harpon, Mordant et Rancune les suivent à vive allure. Hargneux, le chien de Gilou — la femme du drapier — Affrété, Gorfou et Tirant, Folié, Lenvers et Amarrant, suivent derrière en mauvais rang.

Sergent — le chien du Bailli de La Croix-en-Brie — , le fin limier, passe devant Engoulevent, le nez au vent. Frottemanche était là et Olivier le chien de messire Olivier, qui fout sa femme par derrière. Pathos, Portos et Pastis et Vaillant de Gascogne.

Après eux courent Cornebasse et Heurtevilain et Brisebois et Brisevent et Briselair, tous de la même lignée. Courtain, Tison, Ecouillé et

Passelève et Grignant. Massicot suit Nigaud, et Va-culard, le chien du seigneur Tibert du Fresne, le plus rapide et fier chasseur.

Derrière Pilez, Chipez et Rechignez, Pastor, Nestor et Butor. Écochelande le barbu, et Violent le molosse, et Bateleur, Chenus, Mordant, Vergehaute, Passavant. Outrelévrier, et le chien de Ribaud le boucher, s'il prend Renart entre ses crocs, il laissera sa peau.

À la suite sont accourus Hôpital et Trottemenu, Parcelle — le bon videur d'écuelle — Foulejus et Passemer qui vient du côté d'outremer. Et Chiffon, qui rêvait de mettre Renart en charpie.

Tous jappant, glapissant, rugissant,
Tempêtant, vociférant, tonitruant !
Tous aboyant, hurlant, gueulant,
Braillant, beuglant !
Tous haletant, jurant, râlant, pestant !
Tous écumant,
Tous débordant de haine et de muscles.
Une meute, une horde, une harde !
Tous rêvant de curée et d'hallali.

Ils s'époumonent,
Ils s'égosillent,
Ils s'éventrillent,
Ils s'écarvrillent !

Ils grognent !

J'en ai vu, les yeux qui brillent jusqu'aux entrailles du désir de médailles.

À leur suite, il n'est pas de lice qui n'aboie résolument, la Bluette, qu'on croyait si douce, et les petites Bulles, babines retroussées, et Chiquenaude, et Levrette, et Roquette et Canaille. Renart court encore, la sueur sur la peau de son dos. Il a si peur qu'il lâche douze pets sonores. Il pisse dru, Il se vide de tous bords. Il monte sur un grand chêne.

— De ta peau tu seras dépouillé, mon sire y mettra ses pieds ! Le Roi lui ordonne de descendre — Descend !
— Par les reliques de Saint-Léonard qui délivre les prisonniers, par celles de Saint-Valentin qui aime le bon vin, pas question ! Je suis très bien ici, racontez-moi l'histoire de Lancelot, si quelqu'un en connaît une autre, qu'il la raconte ! Je suis bien installé ici pour vous écouter !

Un étrange cortège en cet instant parvient d'un sentier à senestre, le Roi voit venir une bière portant la dépouille du rat Pelé que Renart dans la bagarre avait étranglé, et c'était Chauve, la souris, accompagnée par sa sœur, Fauve, et dix encore, ses frères et sœurs qui s'avancent vers le roi, ses fils, ses filles, quarante, et ses cousins, soixante sans doute ? « Sire, pitié ! ».

Le Roi donne ordre de couper le chêne, les barons applaudissent ! Renart descend, à la main l'anneau de la Reine. Alors, c'est grand miracle, le roi fut saisi d'un vertige, et pour cent écus d'or, on n'aurait pu l'empêcher de tomber. Les barons l'emportent en civière droit au palais de sa maison. Huit jours il se fit baigner, ventouser, saigner, expertiser, dorloter ; enfin se retrouva dans la santé en laquelle avant il était.

Aucun des barons ne poursuivit Renart, car il n'est pas raisonnable de poursuivre le démon.

LE JUGEMENT

Celui qui le premier rapporta l'art et l'habileté de Renart, et ses aventures avec Isengrin son compère, négligea la meilleure matière en omettant de dire le procès et le jugement qui fut fait en la cour de Noble le lion, à propos de la grande fornication de Renart, qui couve tous les maux, et de Dame Hersant la louve.

Voici l'histoire, en son début, elle rapporte que l'hiver fut, que l'aubépine fleurissait, que la rose s'épanouissait. Au palais, pour la cour tenir, on fit toutes les bêtes venir…

Ils accourraient tous, à la demande de Noble, le bon Roi, tous, fort Renart, le mauvais larron ; les calomnies allaient bon train. Isengrin, qui l'aimait peu, se plaint bientôt de l'infortune que Renart fit à son épouse. Il prend chacun à témoin, clamant réparation et vengeance pour lui et sa progéniture.
— Sire, rendez-moi raison de l'adultère que Renart fit à mon épouse, Dame Hersant, et qu'il se refusa de justifier par les reliques de Saint-Léonard… Jamais sur terre je n'eus courroux plus que le jour qu'il refusa se justifier de ses méfaits ! Messire le Roi, dans sa grande importance, et fort encore de la mémoire du siège peu glorieux qu'il conduisit naguère à Maupertuis, lui dit enfin :
— Je suis le Roi d'ici !

Isengrin raconte à nouveau sa mésaventure, interrompu par Chanteclerc, agacé :
— Sire, je m'excuse, il est inutile de plaider, la cause est entendue, le malheur connu et découvert ! Grimbert fut seul à prendre parti pour Renart, son cousin
— Il me semble moi que la colère et les plaintes d'Isengrin sont déplacées, si Renart aime Hersant, Isengrin comme à l'accoutumée hurle à la mort avant la mort. Hersant, tous les poils hérissés de colère, ou de honte, va savoir ? dit :

— Je veux bien me disculper par l'eau bouillante et le fer chaud. Tiécelin, le corbeau, intervient.
— Lui pardonner, quooa ? Mooa, j'ai réussi à m'échapper, oui Mooa ! Je crois que… voilà ce que je crois, quooa.
Tibert et Roenel parlèrent clair, et ensemble ! Et Bruiant, le taureau, jugea qu'il était de peu d'intérêt de clamer si haut ses infortunes et peu glorieux pour un cocu de parler fort en plein palais, Chanteclerc s'agitait.
— Je m'excuse, je m'excuse ! Un traître qui pour un œuf trahirait huit hommes ou neuf. La malepeste le torde ! Je m'excuse, je ne suis pas rancunier, mais j'ai de la mémoire !
— C'est tout ? dit le Roi.

Brun l'ours fut d'avis que son seigneur eut pu mieux dire et qu'il devait rendre la paix en disant le jugement auquel chacun se rangerait.
— Vous êtes prince en cette terre, mettez la paix à cette guerre, la paix entre tous vos barons, qui honnirez nous haïrons ! Et resterons de votre part, Isengrin se plaint de Renart, faites le jugement ce soir, si l'un doit à l'autre, demande de ses méfaits qu'il paie l'amende. Et pour venger Hersant la louve, je le ramène, si je le trouve.
— Je ferais venir Renart ! Et vous verrez avec vos yeux et vous entendrez avec vos oreilles !
Or l'empereur fut pris d'un hoquet facétieux…Isengrin renchérit, profitant d'une accalmie.
— Je lancerai contre lui une guerre si terrible...
— La guerre ec dangereuse au plus faible et j'ai moi-même décidé la paix, pourvu qu'on me voue le respecc !
Et l'on vit le vieil Isengrin, assis sur un tabouret, la queue entre les jambes, et tout fut dit.

C'est à ce moment-là que Pinte se présenta à la Cour.
Pinte, escortée par ses amies de la basse-cour,
Pinte, la favorite de Chanteclerc,
Pinte, la poule qui pond les gros œufs !
Pinte, fort mal en point.

— Conseillez-moi, je hais l'heure de ma naissance. J'avais cinq frères du côté de mon père, il les mangea. J'avais cinq sœurs du côté de ma mère et la dernière est ici morte, elle dit cela et s'évanouit... Les autres aussi. Chanteclerc s'agenouille et de ses larmes mouille ses pieds. Devant ce spectacle, le Prince pousse un grand soupir, de colère il redresse la tête, il n'y a bête si hardie, ours ni sanglier qui ne tremble de peur quand le roi soupire, et Couard le lièvre a eu si peur qu'il eut la fièvre pour deux jours. Toute la cour frémit ensemble...

— Brun mon ami, allez pour moi chercher Renart ! Dites en mon nom à ce rouquin qu'il vienne à ma cour rendre des comptes devant toutes mes gens. Qu'il n'apporte ni or ni argent ni belle parole pour se défendre, mais seulement la corde pour le pendre. Isengrin se relève en toute hâte — Sire votre clairvoyance, Sire, je ne le dis pas par haine ou griefs personnels. On chantera partout vos louanges.
Ainsi partit le brun samaritain.

— C'est moi, Brun, messager du roi ! Dit-il, arrivant chez Renart, l'autre l'avait reconnu à sa démarche, il sait bien que c'est l'ours, il a reconnu le balourd.
— Brun quel honneur ! Brun quel dommage, que vous ne fussiez arrivé plus tôt, je vous eusse cordialement invité pour que vous partageassiez mon repas, dit-il, sans lui ouvrir. Voyez-vous mon ami, le pauvre ne s'assied pas près du feu, ne s'assied pas à la table, il s'assied sur lui-même et mange sur ses genoux, les chiens lui viennent alentour et lui enlèvent le pain des mains. Il se contente d'un seul plat, il se contente d'un seul verre, pour toutes ces raisons, j'ai déjeuné de lard et de pois nouveaux... et d'un gâteau de miel dont j'ai sept fois repris.
— Du miel, d'où vient-il ? Dieu soit loué, Dieu me pardonne, conduisez-moi là-bas. Renart fit un peu la moue, l'ours est bien facile à duper.
— Brun, dit Renart, si je savais trouver en vous confiance et loyauté, je vous montrerais aussitôt du miel frais et nouveau à l'entrée du bois de Lanfroi le forestier. Mais à quoi bon, vous auriez tôt fait de me faire un mauvais parti.

— Qu'avez-vous dit ? Renart vous vous méfiez de moi, me soupçonnez de félonie, par l'hommage que je fis à noble. Je n'ai pour vous nulle intention de traîtrise ni tricherie.
— Soit, je m'en remets à votre bonté. Ils prirent la route, à bride abattue, jusqu'au bois. Lanfroi, qui vendait du bois, a commencé de fendre un chêne, deux coins y avait enfoncés.
— Brun mon ami, voici ce que j'ai promis, la ruche est là-dedans, mangez, après nous irons boire. L'ours mit le museau dans le chêne et les deux pieds devant. Et Renart l'aide un peu, le soulève et le pousse un peu, le sermonne et l'exhorte un peu :
— Fainéant, ouvre donc la bouche ! Ton museau y touche presque ! Fils de putain, ouvre donc la gueule !

Cela, nous l'avons entendu, et — maudit soit-il — il n'y avait là ni miel ni ruche. Renart, à grand peine, empoigne les deux coins et les décoigne ; Brun se retrouva coincé par la tête et par les côtés, et Renart, qui jamais ne fit l'aumône, lance un sermon :
— Brun, vous vouliez garder tout le miel pour vous ! Je serais bien soigné si j'étais malade, je sais bien la prochaine fois quoi faire, adieu !

Quand arriva le forestier, Renart déguerpissait, devant les cris et les fermiers tous armés de gourdins, de haches, de fléaux ou de bâtons d'épines, Brun a peur pour son échine, il frémit, il tremble quand il entend les paysans, il vaut mieux perdre le museau, il tend et retend, tire et relâche, sa peau se déchire et sa tête craque, le sang lui couvre le museau, jamais personne ne vit bête plus laide. Il s'est enlevé tant de peau qu'on pourrait en faire une bourse.

Ainsi s'enfuit le fils de l'ourse, poursuivi par les vilains : Petiot le fils du seigneur Gilles et Hardiot Boutevilain et Vigier Brisefaucille et Roussier le fils de la Banquille et le fils d'Ogier de la place, armé d'une hache, et messire Hubert Grospet et le fils de Galopet ; galopaient. Et le prêtre de la paroisse, le père de Martin d'Orléans qui étendait son foin, la fourche à la main, lui frappe les reins, le fabriquant de peignes et de lanternes le rattrape entre deux chênes, le frappe à l'échine avec sa corne de bœuf, Brun s'enfuit sous les coups de massue.

Renart de loin lui crie :
— Brun mon ami, vous voilà bien avancé d'avoir mangé sans moi, votre mauvaise foi vous perdra, de quel ordre voulez-vous être que vous portiez ce rouge capuchon ?
On raconte que le Roi s'arracha les poils de colère lorsque Brun lui dit :
— Ainsi m'a mis Renart dans l'état que vous pouvez voir. C'est la corde qu'il mérite, c'est la corde des condamnés. C'est la corde qu'il mérite, et tout lui sera pardonné.
Telles furent les plaintes de Brun.

— Brun, Renart t'a tué, n'attends pas de pitié mais je ferai grande vengeance qu'on chantera partout en France ! Où êtes-vous, Tibert le chat ? Tibert mon ami allez pour moi chercher Renart ! Dites en mon nom à ce rouquin qu'il vienne à ma cour rendre des comptes devant toutes mes gens. Qu'il n'apporte ni or ni argent ni belle parole pour se défendre, mais seulement la corde pour le pendre !

Tibert n'osa refuser, il se recommande à Dieu et puis à Saint-Léonard, celui qui délivre les prisonniers.
— Renart, ne le prends pas mal. Je viens de la part du Roi, ne crois pas que je te juge, mais le roi te menace durement. Tu n'as personne à la cour hormis ton cousin Grimbert qui ne te haïsse sûrement.
— Tibert, laissez-les donc menacer, je vivrai tant que je pourrai, j'irai à la cour et j'entendrai.
— Je vous le conseille amicalement, mais j'ai grand faim pour le moment.
— Vous refuseriez, j'en suis sûr, des souris et des rats.
— Mais non !
— Mais si ?
— Mais non !
— Je sais l'endroit où en trouver. Il le conduit à la demeure du prêtre, lui raconte les poules, l'orge, les souris, voici par où l'on entre !

Le prêtre qui demeurait-là n'avait ni orge ni avoine, toute la ville le plaignait pour la putain qu'il traînait, la mère de Martin d'Orléans qui dispersait sa fortune, il n'avait plus ni vache ni bœuf, ni autre bête que je

sache, ou deux poules ? Le petit Martin avait tendu deux lacets pour attraper Renart, Dieu garde au prêtre un tel fils ! « vas-y Tibert, froussard ! » Tibert s'élance et le lacet le prend au col, plus il tire, plus il s'étrangle, le petit Martin réveille père et mère, gaiement la mère attrape sa quenouille, le père, le prêtre, sort du lit tout nu en se tenant les couilles. Tibert, nous dit l'histoire, lui emprunta une pendeloque avant de s'enfuir. Et pour le moins, dans sa paroisse, on ne sonne plus que d'une cloche.
Voici la chose dont se plaint Tibert.

— Tibert, tu reviens bredouille et bien meurtri, n'attends pas de pitié, mais je ferai grande vengeance qu'on chantera partout dans le pays de France ! Grimbert mon ami, allez pour moi chercher Renart ! Donnez en mon nom à ce rouquin le cachet que voici. Messire Noble le lion, Roi de toutes les régions et sire de tous les animaux, voue à Renart honte et martyre et grands ennuis et contrariétés. Qu'il vienne à ma cour rendre des comptes devant toutes mes gens ! Qu'il n'apporte ni or ni argent ni belle parole pour se défendre mais seulement la corde pour le pendre !

À sa façon de descendre le pont à petit pas, à sa façon d'entrer le cul d'abord, la tête ensuite, Renart le reconnut. Grimbert attend la fin du repas pour délivrer son message.
— Renart, le Roi vous fait mander, il vous commande, vous êtes en danger de mort ! Confessez-vous !
— Si maintenant je me confesse, devant la mort qui me presse, il ne peut m'en venir du mal, et si je meurs, je serais sauf. Entendez mes péchés. J'ai fauté avec Hersant, je l'ai sautée plus d'une fois, je me repens !
J'ai fait tant de mal à Isengrin, je vous l'avoue, il me doit sa tonsure, je me repens !
Je le fis pêcher dans la glace, je le fis manger trop de jambon, je le fis battre par les marchands d'anguilles, je le fis tomber dans le piège de l'agneau, aujourd'hui ne suffirait pas pour dire le mal que je lui fis, je me repens !

J'ai fait prendre Tibert au lacet. J'ai dévoré les sœurs de Pinte, la poule qui fait les gros œufs. J'ai dérobé le fromage de Tiécelin — faute de mieux— je me repens, je me repens !
À présent, je veux expier tous mes péchés de jeunesse !

Grimbert enfin, par la raison, le ramena au prix d'une absolution moitié français, moitié latin. Renart se lamente :
— Que je puisse revenir sauf et me venger de ceux qui me font la guerre ! En chemin ils se perdent par les sentiers, Renart aperçoit une ferme, Notre route est là-bas !
— Renart ne t'es-tu pas confessé ? Comme il est court le temps du repentir, n'as-tu pas imploré pardon tout à l'heure ?
— Je l'avais oublié !

Ils arrivent tous deux dans l'endroit où se tient la cour, Renart fit preuve de courage et traversant la salle sous les regards menaçants d'Isengrin qui aiguise ses crocs, de Tibert griffes dehors, de Brun à la tête vermeille de Chanteclerc qui redresse le col, il prit la parole :

— Roi ! Je vous salue, moi qui vous ai servi mieux que quiconque, c'est à grand tort qu'on me dénigre, les jaloux cherchent à se venger de votre amitié pour moi, je voudrais bien savoir ce que me reprochent Brun et Tibert.
Brun qui a mangé le miel, et puni par les vilains, il pouvait seul se venger, il a bonnes mains et bons pieds et grands muscles et grande poigne.
Tibert fut surpris à manger souris et rat, il fut corrigé, que puis-je y faire, je ne sais quoi penser pour Isengrin, car il a tort de dire que j'ai aimé sa femme, qui ne s'en plaint pas ; le fol jaloux crève d'envie ! Isengrin me cherche querelle, son histoire ne tient pas debout.
Est-ce pour ce droit que l'on veut me pendre, je dois à ma grande fidélité et loyauté d'être encore en vie, je suis vieux, je n'ai plus de force et n'ai plus envie de plaider, c'est péché de me convoquer, mais vous m'avez demandé, me voici, faites-moi brûler ou pendre, je ne suis pas de grande force.
— Renart, vous plaidez bien !

Alors, Noble demande conseil à Chambellan, le singe :
— Le livre de la sagesse dit la vérité et le livre de la vérité dit la sagesse. Il convient d'établir dans cette affaire si les uns ont tort et les autres raison, ce qui est bien et ce qui ne l'est pas…

Qui mal chasse mal lui advient,
Après grande joie… vient grand souci,
Après vent léger vient la bise,
Tant va le pot à l'eau qu'il brise,
Tel pleurera qui lors en rit
Et n'est pas or tout ce qui luit,
Qui embrasse tout perd tout
Un jour vaut mieux qu'un an,
Entre bouche et cuillère
Est parfois grand encombrement,
Fortune secoure les hardis,
Après le deuil…vient la grande joie !

— J'ai lu le Livre et tous les alinéas, voici l'heure de la sentence !

Grimbert voulu intervenir.
— Se trouve-t-il ici quelqu'un pour se plaindre ? Ils se levèrent tous, Chanteclerc le premier.
— Je m'excuse ! Enfin de qui se moque-t-on ! Cette histoire est lamentable ! Laissez-moi passer ! Que je l'égorge, la corde est trop douce pour lui ! Roenel s'avance et bouscule Tibert le chat, qui pansait ses plaies en se recoiffant.
— Cesseras-tu d'être dans mes pattes à jouer les valseuses !
— J'ai à parler ici, grognard !
— Je sais, monsieur est grand seigneur, Monsieur s'assied pour pisser !
Ils furent d'accord sur un point.
— Qu'on le pende !

On fit dresser la potence, on banda les yeux du goupil, les singes lui font la moue et le giflent sur la joue, Couard le lièvre le vise de loin, puis se cache.

— Sire, dit Renart, j'ai commis de grands péchés et je veux prendre la croix et faire pénitence et pèlerinage.
— Soit, le Roi pardonne ! Renart prit la besace, le bâton et l'écharpe, et la hure du pèlerin. Quand il partit, personne ne le salua, excepté Fière, la Reine.
— Je prierai pour votre salut.
— Madame, j'ai déjà l'anneau qui me portera chance.
Renart éperonne son cheval et s'en va au grand trot, il passe devant la haie où Couard est encore caché.
— Seigneur Renart, je suis ravi que vous soyez sain et sauf, je suis désolé des ennuis qu'on vous fit aujourd'hui !
— Puisque mon malheur vous pèse, je me chargerai du vôtre !

Couard se prépare à fuir car il redoute une trahison, mais Renart est habile, il le saisit par le train, et gravit avec sa charge un piton rocheux. Il s'arrête, et de loin vers la vallée où sont restés les nobles.
— Sire le Roi, reprenez ces guenilles ! Et il jeta la besace, le bâton et l'écharpe et la hure de pèlerin, Couard, tremblant toujours, s'enfuit inespérément, il court pour atteindre la cour. De loin, on entendit le roi crier à ses barons :
— Poursuivez-le !

... Et s'il échappe, vous serez tous pendus et morts !

LES TÉMOIGNAGES

Renart est-il mort ou vivant ?
Renart espiègle et vil, il a trahi et trahira, il paraît qu'il sera pendu, qui sait ? Qui le saura ?

On enterra Pinte la poule qui pondait les gros œufs, on l'enterra avec les ossements de ses cinq sœurs. On enterra Hubert le milan sur les dépouilles de ses cinq fils. On enterra Pelé le rat parmi ses cousins. On enterra Pinsart le Héron. Brun, le fils de l'ourse était à l'agonie. Tibert le chat respirait difficilement sous les marques du lacet, Couard le lièvre tremblait toujours, Isengrin était vieux et grisonnant, penaud sur son tabouret. Chacun avait à se plaindre de Renart, et voici ce qu'ont rapporté les vivants et les morts, les témoignages de la vie de Renart le goupil, qui, en son jugement, furent prononcés et dit.

LA PÊCHE À LA QUEUE

Un jour, Isengrin quittait la lande, il cherchait de la viande, et sire Renart mêmement, ils se rencontrent au croisement d'ici ou là. Sonnez le glas !
— C'était un peu avant Noël, sous un ciel clair et étoilé, et sur l'étang gelé, on aurait pu danser la carmagnole, si Isengrin n'était si mauvais danseur.
— Nous étions ici pour pêcher ! Il y avait un trou au milieu du lac gelé, les paysans, chaque soir, amènent leur bétail boire ici. Il s'y trouvait encore un seau.
— Seigneur, lui dis-je, approche-toi, c'est ici, voici l'engin de la pêche, et le lieu idéal où viennent sans mentir anguilles, barbeaux, gardons, harengs et goujons.
— Je l'entends encore !
— Silence !
— C'est un menteur, un voyou...
— Ta gueule ! Je lui montrais bientôt tout l'art de cette pêche.

— C'est mon tour, c'est mon tour, prenez-le par un bout et la-cez-moi la queue !
— C'est bien lui qui me le demanda ! Je l'attachais solidement, entourant et nouant la queue au mieux, je lui conseillais bien sûr de rester calme et tranquille pour laisser les poissons venir, c'est la recette de tout pêcheur.
— Il s'est caché sous un buisson, le museau entre les pattes !
— Silence !
— Je l'entends ricaner dessous.
— Ta gueule !

Voilà le loup sur la glace, voilà le sot dans l'eau, il attend, il sent le seau s'alourdir et se réjouit déjà du festin promis.
— Encore un peu, encore deux ! Bientôt le seau déborde de glaçons et la queue est gelée. On voit le jour, on ne voit plus Renart.
— Compère, il faut rentrer nous avons pris assez de poissons !
— Renart il y en a trop, j'en ai pris plus que je n'en puis tirer !

Il se lamente encore, vous l'auriez deviné. Ses hurlements intriguent Martin d'Orléans qui chassait près du lac avec deux lévriers. C'est lui qui délivra Isengrin en lui fendant la queue au ras de l'anus avec son épée, il croyait atteindre le crâne ! Isengrin s'enfuit en laissant des lambeaux de peau sous les crocs des lévriers. Renart est déjà loin.
C'est ce jour-là je crois, qu'ils devinrent ennemis.

TIBERT

Il ne venait ni du bon vent ni de la tempête. Nous nous sommes rencontrés ce matin, inutile de nous éviter, et de regrets en serments, de repentir en serments, de serments en serments, nous fîmes route ensemble, méfiants et prudents. Sur notre chemin, près d'un champ labouré, nous aperçûmes une andouille à ficelle bien mal surveillée, je m'en emparai.

— Il s'en empara !

— Nous la porterons dans un lieu où nous serons à l'abri pour partager !
— N'avait-il pas donné sa parole !
— Nous la porterons et nous la dégusterons sur cette colline où se dresse une croix. Mais bientôt sur la croix se dresse aussi Tibert et l'andouille avec lui. Il tenait bien l'andouille.
— Eh bien, partageons-la !
— Je n'en ferai rien, cette nourriture est sainte.
— Partageons là !
— Grimper, je n'en ferai rien, jette-moi plutôt ma part !
— Pas question, cette andouille est bénite, viens donc la chercher !
— Deux compères honnêtes doivent partager leurs proies !
— C'est ainsi que tu partages la femme d'Isengrin !
— Partage-la et mange comme il te sied, jette-moi ma part, je m'arrange avec le péché, je prends le péché pour moi, laisse-moi donc ma part, par mes larmes et par ma bave, il la mange devant moi !
— La prochaine sera pour toi !
— Tu finiras bien par descendre, Je t'attendrai ici tant qu'il faudra !
Le fourbe resta un long temps impassible, j'entamais l'andouille. Tout à coup, je le vis jeter ses pattes en avant sur l'herbe épaisse, l'avez-vous vu ?
— Qu'est-ce donc, qu'avez-vous pris ?
— Il y a ici une souris ! J'ai tendu le cou pour voir la souris, le traître ! L'andouille m'échappa.
— On ne peut se fier à toi !
— Le compliment vaut pour toi, maintenant c'est moi qui ai l'andouille et la ficelle, et je ne suis pas ton cousin !

LE MILAN

Il arriva pareille mésaventure à sire Hubert le milan, qui, voyant Renart en piètre posture, s'avisa pour son grand malheur de devenir son confesseur. On raconte, et je ne le crois guère, que Renart venait des portes de Compostelle, ou de Jérusalem. Il est vrai qu'il chassait les infidèles, tirant et foutant jusqu'à quinze fois le jour, la nuit dix, coups sur coups et neuf d'affilée. Je ne pourrais sans honte vous rapporter les trahisons et les méfaits que par le détail, le goupil avoua au Milan, mais à la fin de sa confession, il dit ceci : « Sire, pour vos enfants que j'ai mangés, je deviendrai votre valet, embrassons-nous ! ».
Puis il le dévora.

LA MÉSANGE

J'étais sur la branche d'un chêne creux, Renart me vit et me salua.
— Descendez chère commère que je vous embrasse.
— Renart, vous avez berné tant d'oiseaux et tant de biches, on raconte partout vos méfaits, il n'y a part en vous de vérité.
— Madame, je n'ai rien fait pour vous déplaire et ne le ferai pas, n'est-il pas vrai que votre fils est mon filleul, d'un juste baptême, il faut que je vous dise, messire Noble le lion a fait jurer la paix à ses vassaux, Dieu merci, partout sur cette terre cesseront les querelles et les guerres, et les bêtes, petites ou grandes, elles aussi seront quittes.
— Renart, cherchez quelqu'un d'autre vous ne m'embrasserez pas ce jour
— Madame si vous me redoutez, écoutez-moi, les yeux fermés je vous embrasserais. Je ne voulais pas l'embrasser et lui tendis, lorsqu'il ferma les yeux, une poignée de mousse et de feuilles, il faillit manger les feuilles ! Quelle paix est-ce là ?
— Renart, vous alliez enfreindre la trêve
— Je voulais plaisanter, me dit-il en riant, recommençons ! Je m'approche à nouveau, à nouveau, il jette les dents. Mais voici venir des chiens en liesse, il s'enfuit.
— Renart, revenez ! Vous ne m'avez pas embrassée !
— Dame, la paix est jurée et la trêve aussi, mais on ne le sait pas partout !

PINÇARD

Voici ce qui arriva jadis en Angleterre où Renart s'en était allé en quête.

Ce fut un beau matin que Renart sortit du bois à découvert, il court d'un côté et de l'autre à petits bonds, arrive bientôt sur le bord d'une rivière, pense d'abord à rebrousser chemin, quand il aperçoit sur sa gauche maître Pinçard le Héron cherchant les poissons de son bec, il baisse la tête et se laisse tomber à terre : « Que pourrais-je faire ? Comment l'attirer par ici ? Si j'attends qu'il vienne, je peux passer la journée à bailler d'ennui et de faim. » Face contre terre, il regarde le Héron. Souriant sans doute de sa prochaine trahison. Il arrache de la fougère qui borde la rivière une grande brassée qu'il met à l'eau, le courant l'entraîne vers le Héron, qui dresse la tête, voit la fougère, la pousse vers l'aval, et reprend sa pêche.

Renart le sournois, recommence l'opération, envoie une nouvelle brassée dans le courant. Pinçard se redresse, méfiant, frappe et retourne le tas de fougère de ses longues pattes et de son long bec, puis se remet à pêcher — De la grande malice de Renart, tu vas bientôt t'apercevoir — Il fit un nouveau tas de fougère, plus gros que les premiers, et s'y couche au milieu sans un bruit, ainsi camouflé, il se jette à l'eau sur son curieux radeau, le courant l'emporte plus bas vers le Héron, toujours occupé à pêcher, le bec dans l'eau. Il néglige le tas de fougère qui s'approche de lui. Renart, le voyant baisser sa garde, jette les dents sans un retard, le saisit par le milieu du cou et le tire à lui ; la guerre est terminée. Au bord de la rivière, sans honte et sans bruit, Renart étrangle le Héron et le mange sans en laisser un morceau.

HERSANT

Isengrin repensa à sa femme et à cette chose qui surtout faisait sa haine envers Renart, « il se l'est faite ! ». Lors, il rentra chez lui et la frappa de bon cœur, en la traitant de tous les prénoms de sa-lope ; et pour venger

cet affront, l'oblige à venir témoigner à la cour. L'autre jour Renart fit une halte chez Dame Hersant sa commère, qui venait de coucher ses louveteaux :
— Renart, jamais vous ne m'avez rendu visite, jamais vous ne m'avez témoigné bonté ni amitié. Renart fut son premier amour, et dans ses passions vagabondes ce qu'il reste, c'est qu'il reste et qu'il n'est jamais loin comme est ancrée en elle la fièvre d'appartenir. Renart est un peu intimidé.
— Dame, ce n'est point par malice, mais Isengrin me guette dans mes déplacements, je ne sais de quelle farce il me porte ran-cune, je n'ai mémoire d'aucune. Il se plaint alentour que je vous aime d'amour.
— Seigneur ! Il me soupçonne à tort, jamais je n'ai pensé à mal, pour le punir je veux que vous m'aimiez ! Renart ne se fait pas prier, il se hâte de l'embrasser, Hersant lève la cuisse. Avant de s'en retourner le goupil satisfait s'approche des louveteaux et leur pisse dessus, l'un après l'autre, dans l'ordre où ils étaient allongés, il les insulte et leur marche sur le ventre, les traite de bâtards ; puis il a tout pris, tout mangé.
Malgré les conseils de la louve, Isengrin, dès son retour fut informé de l'affaire, c'est en grande colère que le jour suivant Hersant et Isengrin apercevant Renart au détour d'un chemin, se mettent à sa poursuite, Renart s'enfuit par un sentier, Isengrin coupe à travers les champs, Hersant, brûlant du désir de rejoindre Renart, part dans une autre direction, elle arrive à la tanière du goupil mais reste coincée par le ventre dans l'entrée de secours. Renart la surprend, il la prend, sans préavis il en abuse, il faut bien dire que cela n'est pas du goût de la louve, qui aime bien voir d'où le plaisir survient, elle voudrait toucher, elle voudrait gémir mais elle se plaint.
— Renart, vous me forcez, soit je cède à la force ! Je t'ai aimé, c'est vrai, mais ce péché n'est pas dans les livres. Une nouvelle fois ton corps sur mon corps. Une nouvelle fois ton haleine soufflée. Une nouvelle fois la joie renouvelée !
— Renart, tu me paieras cet affront ! Hurla Isengrin arrivant au milieu des noces.
— Seigneur, n'allez pas croire que j'ai troussé sa robe, ni déchiré sa culotte, jamais, sur mon âme, je n'ai foutu votre femme, j'en prononce ici

le serment, voyez comme je vous rends service en essayant de décoincer Hersant.
— Traître, me crois-tu aveugle, dans quel pays pousse-t-on ce que l'on veut tirer à soi !
— Seigneur, ignorez-vous que la ruse et l'astuce sont parfois mieux indiquées que la force ? Et l'entrée s'élargit à l'intérieur, Hersant vous le dira elle-même, quand vous l'aurez dégagée ! Cria Renart en s'éloignant.

ISENGRIN

Qui pourra demander pardon ? J'en ai trop entendu, ou pas assez car l'histoire ne finit pas ainsi, je le jure. Il faisait froid, il n'a jamais fait aussi froid, j'étais bredouille depuis le point du jour quand j'arrivais chez Renart, qui faisait rôtir les anguilles en brochettes. Renart fut sourd à mes prières, à l'écouter, son castel abritait un régiment de moines, et lui me refusa l'hospitalité. À la fin, las de me répondre, il m'indiqua son piège que je voulus mettre en pratique. Il m'a pris pour un idiot en m'envoyant faire le mort devant la charrette aux anguilles.
Hélas ! bien mal me pris car les charretiers me rudoyèrent jusqu'au sang, et je dois à mes seules jambes d'être encore vivant à ce jour. Pourtant je le crûs innocent. Il me prit pour un sot lorsqu'il me parla des jambons salés, dans la maison du paysan je dévorais avec appétit, mais pour sortir le ventre plein Renart m'indiqua une ouverture bien étroite, il me tira avec une corde et m'arracha la chair, il fit tant de bruit qu'il réveilla le paysan avant de s'enfuir ; j'ai pris tant de coups de gourdin, c'est un miracle si je suis encore en vie. Tout le village me poursuivait, ils étaient deux mille qui m'ont battu et bastonné.
Ce n'était pas la fin de sa traîtrise.

— Hersant, vous l'avez prise de force, vous n'avez pas manqué le trou. Devant moi, vous lui avez battu et rebattu la croupe. Je vous ai vu pousser et arquer...
Je vous ai vu remonter vos braies ! Tu m'as fait monter dans le seau ! Tu m'as fait descendre dans le puits ! Les moines qui m'ont sorti de là m'ont tant frappé avec béquilles et gourdins, épieux, haches et bâtons

d'épines, qu'ils m'ont lardé de coups ; ils m'ont laissé pour mort dans un fossé puant !

TIECELIN

« Mooa, j'avais dérobé un fromage, au péril de ma vie, Mooa. Évitant adroitement les cailloux et les pierres des fermiers, je m'apprêtais à m'en blanchir les moustaches, il était tendre, crémeux, parfumé, j'allais le manger à mon aise, perché sur la plus haute branche, quooa. Renart le fourbe m'aperçut et pour sauver ma vie, j'ai laissé le fromage à ce pitre, il n'a pas pu me prendre. Mooa, j'ai laissé quatre plumes, quooa. »
Ça, c'est la version du corbeau, cette histoire est la plus célèbre des aventures de Renart le goupil et j'en tiens d'un ami les véritables péripéties.

Sire Tiécelin, le fier corbeau
Jusqu'à son nid porte un très gros
Fromage, dérobé à l'instant.
Pour s'en gaver, il prend son temps,
Trouve le parfum délicieux.
Renart, le goupil malicieux,
Aperçoit fromage et compère
Quand de dîner il désespère !

« Par Léonard je suis ravi
De croiser votre compagnie !
Chantez-moi donc la ritournelle
Que votre père faisait si belle. »
Flatté, Tiécelin lance un cri,
Que l'on imagine, un cri…

Un cri assez peu mélodieux.
Pour le goupil, les larmes aux yeux,
Qui réclame un nouveau refrain,
Le corbeau entonne serein

Et s'étirant, perd le fromage
Dont Renart connaît bien l'usage.
Mais, sans toucher la pâte molle,
Il se plaint de sa patte folle,
Se dit blessé, atteint au cœur,
Fort indisposé par l'odeur ;
Espérant tirer davantage.

L'autre s'approche avec courage,
Et gourmandise néanmoins,
Mais laisse quatre plumes au moins,
Voilà la simple vérité,
Aux crocs du goupil dépité.

Renart hérite du fromage.
« Je n'avais depuis ma naissance
Connu plus joyeuse appétence. »
Dit-il à son entourage.

ÉPILOGUE

Ô, c'est un démon, pendez-le, que m'importe !
Je suis meurtri, je suis trahi ! La légende est morte
Ravir piller meurtrir, jamais lui firent tourment
Farcer, duper sans crainte d'aucun jugement.

Ô, jamais il n'eût de repentir, hideuse
Destinée, cette bête est si monstrueuse !
Flatter tromper mentir, jusqu'au dernier moment.
Plaignez celui qui fit écho à son roman.

Plaignez ceux-là qui lui donnèrent confiance
J'en ai le deuil et la douleur, dès l'enfance
Nourri de mensonges et de leurres, mille fois
Fautif, toujours au mépris du droit et des lois.

Plaignez ceux-là qui connurent sa trappe,
Seigneurs ni vilains sont à l'abri, nul n'échappe.
Le perfide ne sait pitié ni charité
Et c'est lui qui noiera Charron, en vérité.

Il se prétend médecin, je n'y crois guère.
Toujours au poing l'épée, toujours en guerre.
Isengrin le premier fut son souffre-douleur,
Qui ne connut trêve ni paix, pour son malheur.

Item Pinte qui fit les gros œufs, pauvresse,
Coupée sa sœur et Chanteclerc sans paresse,
Qui l'aimait et la chantait du couchant au levant,
Le cou tendu, fier et content, patte devant.

Item Brun le bon vivant, le fils de l'ourse

Berné souvent et fauché dans sa course,
Couard le lièvre valeureux, prostré dans un trou,
Hanté par le souvenir de Renart le roux.

Item Pinçard et sire Hubert qui finirent
Comme Pelé, le rat, loin de chez eux périrent.
Brichemer dont la peau servit de courroie,
Tibert, trahi, blessé, rompu devant le roi.

Item Martin d'Orléans qui la nuit se saoule
Et son père le prêtre qui a perdu ses poules
Et son coq, une andouille, ses jambons salés
Et la couille droite. Et sa femme désolée.

Item Hermeline et la Reine Fière,
Trompée, trahie, quand pour lui elles prièrent.
Item Hersant, la louve tendre au cœur des hommes,
Admirée, bénie, depuis l'enfance de Rome…

Item Hersant la louve dont l'amour est à celui qui la trouve !

Seigneur, je m'accuse d'avoir été pervers, d'avoir fait à l'envers ce que je ne fis pas de travers, je me suis mal conduit, et j'ai le cerveau détrempé. Pas un truand dans ce pays qui puisse dormir en paix.
Je serai premier en celui de messire Lucifer, pardi ! Je sais les ruses et les mensonges de la male passion qui me ronge. Jusque sur le banc de confesse, s'il s'y trouve la moindre fesse, et même en enfer, je le jure, trouver un con à ma mesure.

J'ai souvent changé le droit en tort, tout comme le tort en droit quand j'étais avocat à la Cour de Noble. À ceux qui vivent d'espérance, je dis que le monde vit dans l'instabilité. La fortune se rit des gens. Les uns viennent, les autres vont, elle fait l'un pauvre et l'autre riche, telles sont les manières de fortune ; elle n'est pas l'amie de tous, elle met l'un dessus l'autre dessous…

Un roman de Renart : ÉPILOGUE   93

Isengrin ? Je le connais depuis l'enfance, comment lui voudrais-je du mal ? Nous étions les meilleurs amis du monde. Si nous avons pris parfois des risques, c'est qu'il n'y avait plus rien à manger dans nos demeures. Bien sûr, je le taquinais parfois, c'est dans ma nature. Les vilains toujours nous pourchassèrent, nous demandant si nous étions chrétiens, ma foi... je n'en ai guère ; je veux bien être chrétien si l'on mange à sa faim, et gardez vos reliques !

Nous partîmes ! Le grand chemin tourne à senestre et s'enfonce à travers la forêt, je connais ses bois tout entiers, tant je les ai parcourus...Hersant, en son jeune âge était si belle qu'à son passage se dressaient toutes les verges des bedeaux, j'en fus amoureux moi-même, et même, désormais qu'il y a plus de rides autour de son cul que de ronces en un arpent de bois, elle a toujours le con béant. Et ce roi-là ! Qu'il me dise où et quand je me lève et me couche ! S'il est l'heure ou pas ?

Et s'il me plaît de n'être pas où je suis !

Il m'a dit : aimez-les ! — Je fais ce que je peux.
J'étais chanteur de rue dans les quartiers du vieux Paris,
J'étais prêtre oublié dans la banlieue d'Anvers,
J'étais médecin des âmes maigres,
J'étais moi-même très maigre.
J'étais voleur et mes fils avaient faim.
Quand j'étais soldat, je suis mort à la guerre !
Quand j'étais pèlerin, je suis mort en enfer,
Poursuivi par des moines fiers,
Gens de mauvaises manières et de bonne foi.
Quand j'étais avocat, c'était pour de l'argent.
Je suis devenu marchand,
Je suis devenu paysan, teinturier et jongleur.
C'est pour nourrir ma femme et mes enfants,
À ce prix, oublier mon âme d'enfant !
Je les ai vus, arrogants, pétulants,
Je les ai vus, couverts d'ennuis,

Je les ai vus, bardés de lois et de morales,
J'ai vu les pauvres refuser de partager,
J'ai vu les riches partager leurs déchets,
J'ai vu les femmes et je les ai aimées.

Oui, j'ai triché, mais je suis un menteur sincère.

NOTES

Écrit entre 1171 et 1250 en 120 000 vers octosyllabiques, le succès du Roman de Renart imposa, dès le 13ème siècle, le nom commun renard, au détriment du vieux mot goupil.
Inspiré d'œuvres latines ou de fables ésopiques ? Réécriture en langue courante de textes latins, ou tradition orale ?
Va savoir !

De savants exégètes se perdent encore en conjectures quant aux origines du ROMAN DE RENART.
Ils hésitent également sur les intentions de ce texte.
Ils pérorent sur les auteurs.
Ils chicanent sur les dates.
Ils ergotent sur l'ordre et le nombre des branches.
Ils pinaillent sur le sens.
Ils tergiversent sur la traduction d'un mot.
Ils s'atermoient pour une tournure.
Ils pignochent, ils épiloguent, ils ratiocinent.
Ils radotent !

Renart est vivant et bien portant !
Si tu veux, on le croise sur un site japonais d'Internet, le WEB colporte les aventures de Renart le Goupil et de son compère Isen-grin... et c'est bien comme ça.

Bruno Cosson

LA RÉVOLTE DES BONBONS

Spectacle musical (1996)

À l'extrémité de la scène, Kevin se réveille dans son lit et s'habille ; sa petite sœur Laura le rejoint. Elle traine son ourson par les oreilles. Ils sortent et la scène s'éclaire entièrement, rue et maisons de village.

LAURA, *elle chante.*
  Donne-moi des bonbons sucrés
  Comme les câlins du matin
  Des bonbons caresses
  Des bonbons promesses
  Donne-moi des bonbons sucrés.
Elle s'approche. Si tu sors, je veux venir avec toi !

KEVIN, *sans la regarder, met ses baskets.* Tu es trop petite, Laura.
LAURA, *pleurnichant.* Quand je serai grande, tu seras trop vieux.
KEVIN. Léo va encore se moquer de moi, c'est sûr ! Laisse-moi tranquille.
LAURA. Emmène-moi, je te donne mes bonbons !
KEVIN, *il la regarde enfin.* Fais voir, bon d'accord... allez viens !

De l'autre côté de la scène arrivent Léo et les jumeaux, ils dansent, l'un d'eux a une radio, ils passent devant la vieille voisine, Madame Linotte, qui balaie le trottoir.

LINOTTE, *agite son balai en maugréant.* Encore ces garnements !

Fichez le camp ! Baisse un peu ta musique de singe.
MARIE, *arrivant de l'autre côté, espiègle.* Bonjour, dame Linotte !
LINOTTE, *elle rentre.* Bonjour, bonjour… grrrrr…
Marie se retourne et lui tire la langue puis court vers les garçons.
LÉO. Salut Kevin, tu trimballes ta petite sœur !
KEVIN. Ça te regarde ?
LÉO. C'est déjà pénible d'emmener des meufs, alors une mioche !
KEVIN. C'est comme ça, je fais ce qu'il me plait t'es pas le chef !
LÉO. Je suis le plus grand, je suis res-pon-sa-bleu ! On avait dit seulement Marie, on ne revient pas sur ce qu'on a dit ou alors… il faut voter.
MARIE. D'accord, on vote !
JUMEAUX. Hé les gars, écoutez ça… Hé les gars, écoutez ça.

Ils parlent toujours ensemble, en écho. Musique rap[6].

---

[6] Il s'agit d'un oxymore, à partir d'un certain âge.

CHANSON DES JUMEAUX

Le matin je me
Lève et je marche tandem.

Je ramasse des liasses de mots sur les trottoirs
Des mots perdus des mots qui servent plus
Galoche, marelle, cerfs-volants, balançoire
J'invente les mots du dessus de la rue.

Et je marche tandem
On récolte ce qu'on sème
Et je marche tandem
Salut à ceux qui s'aiment.

Promenons-nous dans la rue, le loup y est pas
Si le loup y était, on le mangerait
À la petite cuillère, papa, c'est pas
Dans les livres, non, c'est dans la vie vraie.

S'il te plait dessine-moi un beau secret
Trésor, des choses qui brillent comme des bonbons
Et puis je te donne mes billes à la récré
Comme deux frères et deux amis pour de bon.

Et je marche tandem
On récolte ce qu'on sème
Et je marche tandem
Salut à ceux qui s'aiment.

Le matin je me
Lève et je marche tandem.

Radio : « Nous interrompons nos programmes pour un flash d'actualité. Il n'y a plus un seul bonbon au monde selon toute vraisemblance, il s'agit d'un enlèvement... »
Jumeaux. J'y crois pas... j'y crois pas.
Léo. C'est une blague, change de radio.
Radio : « Notre reporter de New-York, après ce flash de pub : L'eau des montagnes poreuses facilite la digestion, l'ingestion, la sécrétion, la gestation... »
Linotte, *sortant en furie.* Baissez un peu votre bastringue. Je vous ai dit d'aller jouer plus loin.
Radio : « Toutes les dépêches le confirment, bien que l'attentat n'ait pas encore été revendiqué, l'enlèvement massif des bonbons... Les magasins sont vides... Les syndicats réclament une journée de deuil national... »

Linotte, *en appui sur son balai.* Il y a donc une justice, c'est pas dommage. *Elle rentre en riant.*
Marie. Vieille sorcière !!
Laura. C'est vrai, Kevin, qu'on aura plus de bonbons ?
Kevin, *il lui rend son paquet.* Tiens.
Jumeaux. C'est du délire, c'est du délire. Qu'est-ce qu'on va faire, qu'est-ce qu'on va faire ?
Léo. Calmez-vous ! J'ai besoin de réfléchir.
Kevin. Mossieu réfléchit !
Linotte, *par la fenêtre.* Déguerpissez ! *(Elle leur jette un seau de détritus.)*
Kevin. Moi, j'ai une idée... Allons voir Monsieur Lucien, il pourra surement nous aider.
Léo, *vexé.* Ouaip... Allons voir Zeff.
Jumeaux. On y va, on y va.
Marie, *moqueuse.* Ils y vont, y-zy-vont !

Les enfants se dirigent vers la grange de Monsieur Lucien, où l'on découvre un bric-à-brac d'objets hétéroclites.

La révolte des bonbons : 101

Tous. Monsieur Lucien, Monsieur Lucien !
Léo. Zeff !
Zeff, *lunettes rondes, queue-de-cheval, veste usée.* Bonjour les enfants. Comment vas-tu petite Laura ?
Laura. Bientôt, il n'y aura plus de bonbons dans le monde !
Jumeaux. C'est vrai, ils l'ont dit à la radio, ils l'ont dit à la radio.
Marie. Il faut faire quelque chose !
Kevin, *devant un instrument bizarre.* Qu'est-ce que c'est ?
Zeff. Un accumulateur d'énergie.
Léo, *bousculant Kevin.* On n'est pas là pour ça, quelqu'un a volé tous les stocks de bonbons de la terre, Zeff, il faut nous aider à les retrouver.
Jumeaux. Parfaitement, parfaitement.
Kevin. Il faut découvrir le repaire des terroristes.
Léo. Il nous faut un vaisseau spatial.
Zeff, *toujours affairé.* Une fusée, rien que ça ? Je pense qu'avec mon propulseur révycoïdal.
Jumeaux. Révyquoi ? Révyquoi ?
Zeff, *poursuivant son idée.* Et l'accumulateur d'énergie... On peut démarrer une fusée satellite qui facilitera les recherches.
Marie. Ça alors, c'est une drôle d'invention.
Léo, *il imite Zeff.* Ouaip, On ne peut pas inventer ce qui n'existe pas
Zeff. C'est vrai, je l'invente parce que ça existe. Allons, au travail !
Laura. Tu vas mettre de l'essence dedans ?
Zeff. Non, des ondes... enfin, un peu comme de la musique. L'énergie du rêve.
Léo, *à Kevin.* C'est une métaphore. Tu vois ce que je veux dire ?
Kevin. Non !
Laura. T'en fais pas Kevin, moi non plus.
Jumeaux. ME-TA-FO-REU, ME-TA-FO-REU !
Laura. Moi, je m'installe sur une branche, je ne dois pas salir ma robe.
Zeff. Tu préfères le réglisse ou le Zan ?
Laura. Ça dépend ! *(Elle prend les deux. Elle commence à chanter.)*

CHANSON DE LAURA

Le long de la rivière
Cherche la pierre
Du petit lutin

Qui connait le langage
Tous les messages
Des pays lointains.

Cours
Si le temps parait trop court
Jusqu'à perdre haleine, cours
Attrape la vie et cours.

Oublions les querelles
Sempiternelles
Pour tendre la main

Le soleil fait des tresses
La lune paresse
Jusqu'au lendemain.

Cours
Si le temps parait trop court
Jusqu'à perdre haleine, cours
Attrape la vie et cours.

Cours
Si le temps parait trop court
Jusqu'à perdre haleine, cours
Attrape la vie et cours.

La révolte des bonbons :

ZEFF, *il explique les branchements aux enfants.* Le fil vert sur la cosse verte, la prise bleue sur le manomètre bleu. La fiche rouge sur la batterie rouge. Le câble jaune sur l'alternateur jaune.
MARIE, *elle prend un compteur.* Je peux brancher le réveil, Zeff ?
ZEFF. Ce n'est pas un réveil, Marie, c'est un astromètre, à son régime OP-timal, la petite aiguille indiquera trois mille tours.
LÉO. Et la grande aiguille ?
ZEFF. La grande aiguille est fixe, c'est un peu comme une frontière.
LAURA. À quoi ça sert une frontière ?
ZEFF, *songeur.* Et bien... Parfois je me le demande. Non, Laura ne touche pas à ça, cela pourrait ex... *(Explosion, étincelles.)*
LÉO, *à Kevin.* Je l'avais bien dit qu'on aurait des problèmes.
KEVIN. Si tu continues à me narguer, mon pied va atteindre son régime optimal sur tes fesses, grand malin.
ZEFF. Calmez-vous les enfants, ça n'est pas grave, je vais refaire mes calculs. Voyons ?

Il prend des notes, efface avec un vieux chiffon sale, recommence.

La racine cubique de la vitesse du son multipliée par le carré de l'hypoténuse du poids de la matière... E plus MC puissance trois sur H2O... mmmm... algorithme réduit... mmmmmm... PLUS DEUX !

Il retourne vers les enfants, les jumeaux sont enchevêtrés dans les câbles.

JUMEAUX, *très consciencieux.* Le fil jaune... sur la prise bleue. La fiche rouge... dans le manomètre jaune. Le câble vert... sur l'alternatif... heu... marron. Le machin gris... le machin gris ? Zeff, il va où le machin gris ? *(Zeff les aide et branche le dernier câble, tout s'allume et clignote.)*
ZEFF. Maintenant, il faut charger l'accumulateur.
JUMEAUX. Comment fait-on ? Comment fait-on ?
LÉO. Taisez-vous, nains de jardin ! ... Comment ça marche, Zeff ?
ZEFF. Venez les enfants. *(Il branche une guitare et chante.)*

CHANSON DE ZEFF

Pour être un conteur de fables
Ouvre les mains et les yeux
Et sur un chemin de sable
Dépose des plumes bleues
Comme un oiseau de passage

Dans une chanson buissonnière
Cueille la rose des vents
L'amitié qui désaltère
Et le parfum du printemps
Comme un oiseau de passage

Moi qui ne suis qu'un trouvère
Inventant chaque matin
Des chansonnettes légères
Un sourire est mon butin.
Comme un oiseau de passage

Je n'étais pas bon élève
Je compte sur mes dix doigts
Je suis un tailleur de rêves
Je parcours les champs les bois
Comme un oiseau de passage

Quand l'hiver tisse sa toile
Est-ce que j'ai tort ou raison
De construire dans les étoiles
Les portes de ma maison
Comme un oiseau de passage

Mes histoires font rire le monde
Est-ce que j'ai perdu mon temps
À vouloir la terre ronde
Et tous les enfants contents

ZEFF. Nous pouvons décoller, Léo, tu vas rester ici aux commandes Kevin et Laura feront le voyage avec moi, les autres, rentrez chez vous et prévenez tout le monde.
LÉO. Ouaip !
LAURA. Il faut emmener Boule, il faut emmener Boule !

Elle récupère son ours, la fusée décolle.

VOIX DE LAURA. Est-ce qu'on va tomber Monsieur Lucien ? Est-ce que c'est encore loin ? Est-ce qu'il y aura des bonbons là-haut ?

La fusée traverse la salle.

KEVIN. Monsieur Lucien, pourquoi Léo vous appelle-t-il Zeff ?
ZEFF. C'est mon prénom, et tu peux m'appeler comme cela aussi.
LAURA. Et moi, Zeff, je peux t'appeler Zeff ! Dis, Zeff, c'est quoi une témaphore ?
ZEFF. Une métaphore, c'est une comparaison, Laura.
KEVIN. Regarde, Laura, comme la Terre est petite.
LAURA. C'est vrai, on dirait un bonbon bleu. Est-ce qu'on va retrouver les bonbons ?

Décor gris dans la forêt, les bonbons arrivent enchainés comme des bagnards, tambours de galériens, ils se cachent les uns derrière les autres.

BAMS. On est où là ?
VOIX EN ÉCHO. Ownéoulà… ownéou, ownéou… ownéoulà !
DRAGIBUS, *accent anglais.* Regardez, je perds mes couleurs ! C'est horribel !
CHAMALLOW. Je me sens tout mou ! J'ai une perte de glucose !
ZIGOTTO. Il est tout pâle !
BAMS. Qu'allons-nous faire ?
HARI. Poussez pas, poussez pas !
ZIGOTTO. Où est Tagada ?
DRAGIBUS. Il faut s'enfouir, n'est-ce pas ?
TAGADA, *il arrive derrière les autres.* Je suis là !
HARI, *sursautant.* Tu m'as fait peur !
TAGADA. Il doit s'agir d'une erreur, nous allons parlementer.
BAMS. Et avec qui ?
TAGADA. Silence !

Tambours flammes, cris de chouettes, chants : ' Ownéoulà, ownéou.

VOIX DE LA SORCIÈRE. Ha ! Ha ! Ha ! Vous êtes au PAYS GRIS, vous êtes en mon pouvoir. Ha ! Ha ! Ha ! Je suis Sorcelinotte III. Ma mère était Sorcière, ma grand-mère était sorcière, mais je suis la plus grande des sorcières ! Je suis Sorcelinotte III. Je suis la reine du PAYS GRIS. *(Elle apparait, fumée, nouveaux cris de chouette.)* Je suis LA REINE du pays… GRIS.

CHANSON DE LA SORCIÈRE

J'aime pas les saisons
J'aime pas les couleurs
J'aime pas le bonheur
J'aime pas les bonbons

Je vous aime pas du tout
Je vous aime pas du tout
Je vous aime pas du tout

Mon pays c'est ici
Il n'y a pas d'enfant
Dans le beau pays gris
Tu dormiras longtemps
Dans le beau pays gris

Dans mon beau pays gris
Une vie en noir et blanc
À l'ombre de la nuit
Une vie sans sentiment
Dans mon beau pays gris

Dans mon beau pays gris
Depuis plus de mille ans
Sans famille sans ami
Je règne sur le temps
Dans mon beau pays gris

Je vous aime pas du tout
Je vous aime pas du tout
Je vous aime pas du tout

ZIGOTTO, *poussé par les autres.* Il doit s'agir d'une erreur, Madame !
SORCELINOTTE. Voyons cela, qu'avez-vous à dire pour votre défense.
CHAMALLOW. Ici, tout est triste. On dirait un pays d'adultes.
DRAGIBUS. On était mieux sur terre, n'est-ce pas ! C'est vrai, on était mieux, avec les enfants !
SORCELINOTTE. SILENCE ! J'ai horreur des enfants, ils chantent, ils rient, je ne peux pas supporter ça.
TAGADA. Je... je vous ordonne de nous libérer !
DRAGIBUS. Nous voudrions connaitre, n'est-il pas, ce que vous allez faire de nous ?
SORCELINOTTE. Ha ! Ha ! Ha ! Je vous détruirai, je vous anéantirai !
ZIGOTTO. Vous ne pouvez pas faire ça !
Il s'élance et tombe brutalement, retenu par ses chaines, entrainant Chamallow dans sa chute, celui-ci, en se redressant maladroitement, fait tomber Bams, ils tombent tous en cascades, empêtrés dans leurs chaines.

SORCELINOTTE. Ha ! Ha ! Ha ! *(Rires en écho).* Ha ! Ha ! Ha !
TAGADA. Qu'est-ce que c'est ?
SORCELINOTTE. Ha ! Ha ! Ha ! Un éclat de rire que j'ai volé au petit prince, cela te plait ? Détachez-vous... AJAXK2R AJAXK2R ! De toute façon, vous ne pouvez pas vous enfuir du pays gris. Personne ne peut s'enfuir d'ici.
TAGADA, *se relevant.* Je... Je vous ordonne de nous libérer !
SORCELINOTTE. Qui es-tu, paltoquet ? Pour me donner des ordres ! Reculez réglisses, reculez guimauves ! Je vendais pommes empoisonnées à la Belle au bois dormant quand tu n'étais pas né, j'ai envouté Blanche-neige, les ombres m'obéissent. *(Elle sort.)* Les rois sont mes valets ! Ha ! Ha ! Ha ! *(Les bonbons se relèvent et se débarrassent de leurs chaines.)*
BAMS. Je suis triste comme un bonbon sans enfant.
TAGADA. Mais tu es un bonbon !
BAMS. Oui, c'est vrai, mais je suis triste quand même.

CHANSON BONBON BLUES

Je n'suis pas d'un mauvais réglisse
Je viens du jardin des délices
J'mérite pas les barreaux, l'cachot
Quand il gèle pas, il fait trop chaud
Regarde la sorcière jalouse
Qui veut chasser l'enfance
Bonbons blues

J'oublie pas son sourire diésel
Et quand j'ai peur la nuit c'est elle
Qui n'aime pas la jeunesse, Ô non !
Elle n'a jamais eu de prénom
Regarde la sorcière jalouse
Qui veut chasser l'enfance
Bonbons blues

J'crois bien qu'il y a des tigres ici
Et surement des lionnes aussi
Mettons qu'on efface les fauves
Je préfère les chansons guimauves
Regarde la sorcière jalouse
Qui veut chasser l'enfance
Bonbons blues

Moi je suis né dans les cachous
J'adore ma vie de patachou
J'veux pas rester ici dans l'gris
J'veux voir la comédie d'la vie
Oublier la sorcière jalouse
Qui veut chasser l'enfance
Bonbons blues

Changement d'éclairage... Pendant ce temps-là sur terre, passage de la fusée. Journal TV.

PRÉSENTATEUR. Madame, Monsieur, bonsoir, tout de suite, les titres :
« Espace : Les chercheurs du polygone auraient aperçu une fusée satellite d'un modèle inconnu, cette information relance la polémique autour des OVNI.

Justice : Une plainte a été déposée sur le parquet par Madame Linotte, l'accusé n'est autre que le savant Zeff LUCIEN, on se souvient que le physicien avait renvoyé son prix Nobel après l'explosion de la première bombe naphtaline, avant de se retirer en Provence.

Social : De nombreuses manifestations ont lieu en ce moment même dans toutes les capitales. »

Tout de suite, retrouvons Franck JANVEU à la Coupole, Franck ?

ENVOYÉ SPÉCIAL. Oui, Patrick, bonsoir, je me trouve actuellement à la Coupole où deux cent mille manifestants selon les organisations, dix mille d'après les autorités, se sont donné rendez-vous ce soir pour exprimer leur colère et leur désarroi. En effet, malgré l'appel lancé ce matin par le président des nations unies, nous sommes toujours sans nouvelles des bonbons disparus. La foule est unanime, une seule revendication, la libération des bonbons.

Manif, pancartes, panneaux dans la salle.

VOIX. Libérez les bonbons sucrés
Comme les câlins du matin
Les bonbons caresses
Les bonbons tendresses
Libérez les bonbons sucrés

Libérez les bonbons, libérez les bonbons !

La sorcière seule devant la bouilloire, flammes, crépitements.
SORCELINOTTE. Voyons, trois aspirines, deux poivrons, un vieux chiffon mariné deux semaines dans l'eau de mélasse, cent onze épines de roses noires...
GARGOUILLE. Des roses noires !
Les bonbons s'approchent discrètement pour regarder.

SORCELINOTTE. Douze litres d'huile de vidange, une cuillère à soupe de jus de chaussettes, deux rondelles de boudin d'oreilles, une cuisse de vipère.
GARGOUILLE. Une vipère noire !
TAGADA, *au public*. Une cuisse de vipère, ça n'existe pas ! Ça n'existe pas ?
SORCELINOTTE. SI-LEN-CE ! *(Elle se retourne, mais ne voit rien.)* Que se passe-t-il ici ? Reprenons ! Deux araignées bien tendres.
GARGOUILLE. Deux araignées noires !
CHAMALLOW. Pouah ! Berk !
SORCELINOTTE, se retournant à nouveau. Quoi, qui parle ! Une livre d'oreilles de crapaud...
TAGADA, *au public.* Ça n'existe pas, Ça n'existe pas !
SORCELINOTTE. Et une queue de fraise ! Ha ha ! *(Elle Se retourne brusquement et aperçoit Tagada. Elle se jette sur Tagada qui recule, elle lui arrache son chapeau et tombe à plat ventre.)* Ha ha ! Je vous détruirai ! *(Elle repart à la bouilloire qui commence à fumer.)* Ce sera délicieux. *(En aparté, au public.)* C'est un filtre de haine, voulez-vous goutter ? Non ? C'est trop chaud peut-être ? *(Elle goutte.)* Hum ! Peut-être manque-t-il quelque chose ? *(Elle marche en réfléchissant, les bonbons reculent tour à tour).* J'ai trouvé, il me faut un morceau de réglisse.
ZIGOTTO, *au public, il attrape le vélo.* Chut ! Elle est folle !
SORCELINOTTE, *elle tape des pieds.* Reste ici, ma recette sera ratée sans réglisse. Où est-il ? *(Au public.)* Par ici ? Par-là ?
ZIGOTTO. Elle est complètement folle !
DRAGIBUS. C'est horribel ! C'est horribel !
ZIGOTTO *traverse la scène et s'enfuit dans la salle à vélo.*

SORCELINOTTE. Reviens, je t'ordonne de revenir ! Où sont-ils tous ? Jamais vous ne sortirez d'ici, jamais ! Il n'y a qu'une clé au pays gris, ha ha ha ! *(Elle montre la clé qui pend à sa ceinture.)*
TAGADA. Je te lance un défi, Sorcelinotte !
SORCELINOTTE. Un défi, oh oh !
BONBONS. Far-paitement !
SORCELINOTTE. Qui ose défier Sorcelinotte ? *(Au public).*
QUI-OSE-DE-FIER-SORCE-LINOTTE ?
TAGADA. Heu, moi.
ZIGOTTO. Vas-y, vas-y !
SORCELINOTTE. Et... Quelle sorte de défi ? Cela pourrait m'amuser. AJAXK2R... AJAXK2R !

La bouilloire disparait, grincements et bruits de chaines, Dragibus perd une deuxième couleur.

DRAGIBUS. C'est horribel, c'est horribel !
TAGADA. Le jeu de l'oie ?
SORCELINOTTE. Ridicule, la loi c'est moi, HI HI ! *(Elle pose et tourne sur elle-même en regardant le public.)* Trouve autre chose !
TAGADA Heu... le jeu de loup ?
SORCELINOTTE. Saperlipopette... Le petit chaperon rouge... Je me souviens... Ton histoire n'est pas drôle.   Je te donne encore une chance... Mais tu vas finir par m'ennuyer. Je reviens tout à l'heure. Si tu veux franchir la porte grise...

Grimace complice au public, elle montre à nouveau la clé, elle sort.

TAGADA, *au public.* Est-ce que je peux lui faire confiance ?
  Les bonbons s'approchent.
CHAMALLOW. Il faut lui voler les clés par surprise !
BAMS, *toujours caché.* Tu n'y penses pas, elle nous réduirait en pastilles pour la toux d'une simple formule magique.
DRAGIBUS. C'est horribel !
BAMS. Hari !

La révolte des bonbons :

HARI. Oui.
BAMS. J'ai peur.
HARI, *tremblant.* Je suis sûr que Tagada va nous sortir de là.
BAMS, *il sort un peu de sa cachette, puis recule.* Tu crois ? Hari ? ! ?
HARI, *sursautant.* Oui !
BAMS. Dis-moi des mensonges.
DRAGIBUS. J'aimerais bien connaitre, n'est-il pas, quand vous allez vous taire !
TAGADA. J'ai une idée, approchez.

Les bonbons tout à tour se tournent vers le public avant de former un cercle fermé et de chuchoter.

TOUS LES BONBONS. IL a une idée... Chut !
SORCELINOTTE, *elle revient tout à coup.* Me voilà, es-tu prêt, microbe ?
TAGADA. Madame la sorcière, votre altesse, majesté.
SORCELINOTTE, *elle baille.* Tu m'ennuies, raconte-moi une histoire ! *(Elle fait le tour des bonbons.)* TOI !
ZIGOTTO. Heu, il était une fois un gentil petit garçon...
SORCELINOTTE, *elle le frappe.* Tu mens ! Cela n'est pas possible !
DRAGIBUS, *reprenant.* An horribel petite garçon ! Et une princesse merveilleusement bell... qui s'appelait Little Freedom.
SORCELINOTTE. Ha ! D'accord, je veux bien faire la princesse.
TAGADA, *reprenant.* Une nuit qu'il s'était assoupi au pied d'un arbre majestueux, dans la grande forêt de calembredaine...
SORCELINOTTE. Abrège !
TAGADA. Little Freedom vint à passer, elle s'arrêta, et sourit en voyant le petit garçon...
SORCELINOTTE. Et je le mange !
Geste affolé de Chamallow au public.
TAGADA. NON, vous êtes une princesse !
SORCELINOTTE. Ha ! C'est vrai, je n'ai pas l'habitude... Je ne suis pas une princesse ! Je ne suis pas une princesse ! Changeons de jeu.

TAGADA. Madame la sorcière, nous aussi nous avons notre potion maléfique.
SORCELINOTTE. Voilà qui est intéressant ! Et quelle en est la recette ?
TAGADA. La recette est secrète, mais nous pouvons vous la préparer, c'est à base de… heu… de chauvesouris décervelée.
SORCELINOTTE. Bravo, bravo !
HARI. En attendant que la potion soit prête, nous allons vous apprendre la danse du slap.

Musique, tout le monde danse, c'est grotesque, la sorcière ne sait pas danser…

LA DANSE DU SLAP.

Je vais t'apprendre un truc sympa
Toi la sorcière tu suis mes pas
Sur le tempo qui nous entraine
Je suis le roi tu es la reine
Y faut pas m'en vouloir doo waap
Tout ptit je suis tombé
Sur le slap

C'est pas sérieux la danse du slap
Ça déhanche élastique le slap
Comme un millepatte sur des claquettes
Et si je marche sur la tête
Y faut pas m'en vouloir doo waap
Tout ptit je suis tombé
Sur le slap

C'est pas sérieux la danse du slap
Ça dérange et ça pique le slap
C'est pour donner à la planète
Toutes les couleurs des jours de fête
Y faut pas m'en vouloir doo waap
Tout ptit je suis tombé
Sur le slap

Le slap ça ressemble à la vie
Tu ris tu pleures et c'est fini
Si tu tombes tu te relèves
T'oublie tout quand la nuit se lève

Faut pas nous en vouloir doo waap
Car on est tous tombé
Sur le slap

DRAGIBUS *récupère ses couleurs au sol et les verse dans la bouilloire que les autres tirent sur le devant de la scène. La bouilloire dégage une fumée rose, la sorcière est aveuglée.*
SORCELINOTTE. Qu'est-ce que c'est ? Je ne supporte pas les couleurs ! *Diffusion d'odeur de fraise.* Haaa ! Cette odeur m'étouffe, je ne vois plus rien ! *Elle titube. Chamallow s'allonge derrière Linotte, Tagada la pousse, elle tombe à la renverse.* Je vous maudis, je vous détruirai ! AJAXK... *Tagada la ligote. Zigotto lui vole les clés.* Je vous maudis, je vous déteste... *Elle se relève et glisse à nouveau.*
TAGADA. Venez tous, partons !
ZIGOTTO. Tu viens Bams !
BAMS, *toujours caché.* Où ça ?
CHAMALLOW. Nous nous évadons, banane !
HARI. Nous avons la clé et nous allons enfermer la sorcière dans son sale pays gris.
BAMS. On ne me dit jamais rien à moi !
TAGADA. Dépêchez-vous, dépêchez-vous !

Atterrissage de la fusée, changement de couleurs, Zeff et les enfants sortent.

KEVIN. Zeff, où sommes-nous ?
ZEFF. D'après mes calculs…
LAURA. Est-ce qu'on va trouver des bonbons ? *(Rires et cris, les bonbons arrivent, dévalant un toboggan bleu. Zeff regarde son plan.)* Regarde, Kevin, un réglisse géant !

Laura attrape le rouleau de réglisse vide et le roule comme un pneu en chantant.

TOUS LES BONBONS. Nous sommes libres, nous sommes libres !
TAGADA. Oh ! Il y a des enfants ici !
KEVIN. Nous avons retrouvé les bonbons ! Nous avons retrouvé les bonbons !

CHANSON DES ENFANTS ET DES BONBONS

Ramène-moi des bonbons sucrés
Qui donnent des souvenirs douillets
Des bonbons tendresses
Des bonbons qui laissent
De la douceur dans les yeux des filles
Et dans le cœur polisson
Des garçons

Des bonbons caresses
Des bonbons promesses
Ramène-moi des bonbons sucrés.

Un caramel tout mou
Un sac de roudoudou
Une banane une fraise
Une dragée anglaise
Un crocodile d'Afrique
À la queue élastique.

Un malabar joyeux
Un ourson malicieux
Un chamallow qui glisse
Un rouleau de réglisse
Qu'on déroule à moitié
Avant de le croquer.

Une boule de gomme
Au goût de pomme
Un coco amusant
Et un carré de Zan.

KEVIN, *à Zeff.* Alors ?
ZEFF. Es-tu heureux, KEVIN ?
LAURA. Oh oui !
ZEFF. Alors, nous sommes arrivés !

La grange de Zeff apparait sur le côté. Reprise de la chanson, Laura, comme au début. Kevin s'éveille dans son lit, devant Laura, comme si tout recommençait.

KEVIN. Vous voulez un bonbon ?

Les bonbons reviennent en chantant, ils démontent un arbre en confiserie, distribution générale.

MINA

Théâtre de rue, inédit 1996.
D'après Dracula de Bram Stoker

Personnages

DRACULA : Prince roumain du XVe siècle devenu vampire. Amoureux de Mina depuis la nuit des temps, il la recherche à travers les pays, les villes, les siècles. Toujours incompris par les hommes, il devient agressif ou se réfugie dans l'ivresse de la fête. Violent et austère.
MINA : Intemporelle. Refuse les compromis et cherche, elle aussi, un amour unique. Rêveuse, entière. Ne supporte pas les conflits, les trahisons...
RENNY : Schizophrène abattu et philosophe, hystérique et adolescent.
F. : Professeur mégalomane, il voit dans chacun un malade qui s'ignore. Prétentieux.
LUCY : Amoureuse de Dracula, amie de Mina. Excentrique.
COCHER : Confident de Dracula. Fantaisiste, méridional, fidèle.
JOHN : Docteur et ami de Mina, élève du professeur.

Dracula et le Cocher

COCHER. Mon maitre est assez fantasque ces jours-ci, tant d'histoires pour un jupon.
DRACULA. Nous n'irons pas plus loin ce soir.
COCHER. Très bien Monsieur, comment dire, c'est ici ?
DRACULA. Ici, ailleurs, qui sait ! C'est ici que les vents s'arrêtent.
COCHER. Comme je les comprends, je suis fourbu, vous n'êtes jamais fatigué, Monsieur ?
DRACULA. J'ai à faire !
COCHER. Où êtes-vous ? Je ne m'y ferai jamais, comment dire, cet endroit ressemble à tant d'autres que nous avons parcourus...
DRACULA. Oui, cet endroit me ressemble austère, lugubre, sordide... Éternel ! Ah ! Ah !
COCHER. Ce n'est pas ce que je voulais dire, Monsieur, je ne voulais pas vous froisser, comment dire, croyez-vous qu'elle pourra habiter dans ce trou ?
DRACULA. Elle viendra ! Les choses, les lieux, qu'importe, elle viendra quand il sera temps. *(à lui-même.)* Et j'avance vers cet instant à travers les pays, les continents. Au-delà de la Terre, au-delà des airs, au-delà de l'enfer. L'eau, le vent, le feu m'obéiront, la terre... ma terre. As-tu fait livrer les caisses ?
COCHER. Oui Monsieur, comme d'habitude, une caisse, un cercueil, un hecto de terre, dix identiques !
DRACULA. Tu peux disparaitre à ton tour, garde-toi de tout commentaire, je saurais t'appeler.
COCHER. Comment dire, je ne saurai le dire, je vous suis dévoué Monsieur jusqu'à la mort.
DRACULA. La mort, ha ha ha !
COCHER. Elle ne vous fait pas d'ombre.
DRACULA. Va ! La mort... Voilà des années, des siècles que je meurs chaque matin et chaque soir la nuit m'appelle, la mort n'est pas si désagréable, la mort est un luxe qui m'est interdit ; tout comme la vie. Depuis longtemps je n'ai plus ni passé ni avenir, je suis une légende, je suis un mort-vivant. Je suis un souvenir, je suis un remords, je suis ce que tu

vois quand tu regardes ailleurs, dans ton miroir menteur. Rien. Je ne suis rien qui vaille la peine. J'ai tout rêvé, la vie, l'amour, une idée sur le bien et le mal, la vôtre qui sait ? Le bien et le mal ne sont que des idées. Qui dira la vanité des hommes ? Il ne me reste que l'orgueil... Et cette femme que j'attends partout où la nuit m'enchaine.

Mina et le Cocher

MINA. Cet homme est inquiétant, vous n'avez donc pas peur ?
COCHER. Je suis un vieux bonhomme, quand je regarde ainsi dans le vague, on croit que je m'entraine pour le voyage dernier, en fait, je regarde la mer, là-bas... C'est lui qui m'a ramené, vous savez, les histoires de marins, ça habitue aux drames et à la solitude.
J'entends parfois l'écho des rires des filles qui nous lançaient des fleurs sur le port... Comment dire, savoir qu'on était jeune, c'est pas si mal.
MINA. Est-ce vrai, tout ce qu'on dit ?
COCHER. Pourquoi pas, chacun ses vérités.
MINA. Quel homme étrange, où ai-je pu le rencontrer. Ces mots, j'ai peur et pourtant je ne peux me détacher de cette image, le jour va se lever, peut-être était-ce un rêve... un cauchemar, sans doute, cet homme semblait doué de pouvoirs surnaturels.
C'est un monstre d'une autre époque... Comme il parlait d'amour !
Cette femme doit être très belle pour inspirer un tel amour.
Tout est si fade, le jour va se lever. J'irai voir Lucy et John.
Et John nous promènera dans la ville, nous croiserons les regards insipides et les sourires mesquins. Tout petit, trop petit...
COCHER. Soyez pas triste ma petite dame, on croirait que vous l'avez vu !
MINA. Qui donc ?
COCHER. La vieille en train d'aiguiser sa faux et comment dire, C'est pas pour vous ces histoires-là...

Mina John Lucy Renny

Lucy. Bonjour Mina Hello John !
Quel temps merveilleux n'est-ce pas, comment me trouvez-vous John ?
John. Eh bien, Lucy de qui es-tu amoureuse aujourd'hui ?
Lucy. De toi cher John, mais c'est une cause perdue n'est-ce pas rien ne t'intéresse à part tes malades et Mina ?
Mina. Oh ! Lucy
John. Cesserez-vous un jour de vous chamailler, peut-on être si proches et si différentes ?
Lucy. Bien sûr, Mina la sage et Lucy frivole. Moi je veux tout et j'ai toujours peur de manquer...
John. Les âmes sont curieuses et celles des femmes ?
Je soigne en ce moment un homme dont le cas est admirable, si l'on peut dire...
Lucy. Encore un idéaliste, un idiot.
John. Pas du tout, cet homme est capable de soutenir une conversation, mais je le crois dangereux.
Mina. Une conversation de salon !
Lucy. Quel est son petit nom ?
John. Renny.
Lucy. Peut-on le voir ?
John. Soit, allons-y, mais ne vous approchez pas de lui. On ne peut prévoir ses réactions.
Lucy. Penses-tu qu'il pourrait nous violer ?
Mina. Tu es désespérante Lucy, tu juges les choses et les gens au bruit qu'ils font à leur arrogance.
John. Silence, je vais vous présenter Renny, il sera intéressant pour mon étude de noter ses réactions. Renny, je vous présente mes amies.
Renny. Enchanté Mesdames, je vous remercie de partager quelques instants ma solitude.
John. Comment vous portez-vous ce matin mon cher ? On m'a rapporté que cette nuit...
Renny. Oui, il est venu. Comme vous êtes belles, méfiez-vous mademoiselle ! Avez-vous remarqué comme le ciel est clair aujourd'hui, de

ma cellule je ne vois qu'un morceau de ciel, il faut beaucoup d'imagination pour voir le reste...
M'avez-vous apporté ce que j'ai demandé, mon cher, toutes ces mouches qui bourdonnent, je crois qu'elles résonnent dans ma tête, les araignées sont moins agitées et plus intelligentes, on peut leur parler...
Je les mangerai. Une vie, une vie, une vie.
Ne vous moquez pas Mesdames, votre ignorance des lois de la nuit ne suffit pas à vous pardonner. Vous tremblerez bientôt.
Je vous protègerai, vous êtes si belle, personne ne mérite un tel châtiment. J'interviendrai auprès de mon maitre.
Ces yeux... vous avez ses yeux... vous avez sa bouche, *il bave*, vous avez ses cheveux, *(Il s'approche.)* ses seins, son cul. Délivrez-la, sauvez-moi !
Vous l'avez vu, vous l'avez vu, il reviendra.

Lucy Mina Dracula

DRACULA. Mina, je sais des pays blancs qui vous attendent... Attendre...
Je sais des pays blancs où nos voix se confondent... Mina. Je vous croisais souvent dans vos vies provisoires. Attendre... je n'ai croisé que toi. J'ai brulé si longtemps que je suis de cendres, aux yeux de tous je suis un monstre. Dans mon passé, il n'y a pas de fruits, les arbres sont si noirs que le vent s'est perdu.
LUCY. Cet homme, si c'en est un, est complètement fou. Mais il est attirant, il a dans les yeux...
MINA. Les flammes de l'enfer
DRACULA. Je suis. J'étais un prince roumain. Je suis le comte Dracula. Je suis de la race des saigneurs.
LUCY. Monsieur le comte.
DRACULA. Ce qui vous fait rire, Madame, n'est que la revanche que les femmes ont crue prendre sur moi... trop tard. Je ne suis pas plus violent ni agressif que vos prêtres et vos juges.
MINA. J'en ai assez entendu, vous me faites peur, vous portez en vous trop de solitude et de rancœur.

LUCY. Vos mains sont si longues et dorées, je serais à vous si vous le vouliez.
DRACULA. Mina écoutez-moi, vous m'appartiendrez nul n'échappe à son passé notre amour nous a été volé, je serai toujours derrière vous, je serais toujours…
MINA. Taisez-vous c'est assez !
LUCY. Moi, je veux bien discuter avec vous, je ne suis pas effrayé.
DRACULA. Soit.
LUCY. Mina est bien trop timorée, ce comte au regard glacé, moi, je l'aurai. Seigneur, draculez moi !

John et Renny

JOHN. Mina ne me reconnait plus, je m'attends chaque instant à de nouveaux cauchemars. Il est possible qu'aujourd'hui, je sois plus fou que Renny. Lucy a disparu depuis peu. J'ai des doutes, toutes ces études, seul le professeur pourrait m'aider, c'est un spécialiste des maladies mentales. Cher Professeur, les troubles de mon patient m'inquiètent réellement, j'ai lu des tonnes de bouquins, les études des plus grands scientifiques, aucun n'évoque un cas semblable. Égoïsme, dissimulation et entêtement. Il aime les animaux sans doute et d'une manière étrange, cruelle. Il attrape les mouches puis s'en débarrasse en collectionnant des araignées. Je crois bien qu'il mange aussi les mouches.
RENNY. C'est excellent, elles représentent la vie, l'énergie !
JOHN. Il a réussi à capturer un moineau qu'il nourrit d'araignées.
RENNY. Je voudrais un petit chaton, je lui donnerai à manger. Pour être un enfant, il faut naitre n'est-ce pas ? N'est-ce pas ? Il faut crier !
JOHN. Heu ?
RENNY. Apprendre, essayer ! Crier, pleurer, baver, roter, pisser, chier… Mendier !
JOHN. Vous avez besoin d'aide ? à lui-même : Nous sommes envahis de moineaux ! C'est un maniaque sadique, zoophage, en somme absorber des vies et sa seule obsession, et puis soudain, il semble illuminé.

RENNY. Le maitre arrive ! Je suis là, Maitre, je suis ton esclave, je suis ton fidèle. Rien n'a d'intérêt docteur, donner c'est perdre, saurez-vous m'écouter, je suis las de ces bêtises je sais que je me suis mal conduit.

Dracula Lucy Le professeur F

LUCY. Comme le sommeil est doux. Ô blanche Ophélie la paix reposante un claquement d'aile contre la fenêtre ? Entends-tu Mina, tout commence aujourd'hui ? Prendre parti pour qui pour quoi j'ai pris le parti d'en rire, parti d'aimer. Dieu que l'amour est violent, satanique, ils sont deux à miser, il n'y a qu'un seul gagnant. Je prends la vie à la gorge comme un animal féroce, comme toi.
PROFESSEUR F. C'est elle sans doute, elle me mènera jusqu'au monstre Mina prenez garde mon enfant.
DRACULA. Ainsi donc voilà l'homme qui prétend sauver le monde vous êtes millions hypocrites et fourbes à promettre des lendemains chantants, pourvoyeur d'idéaux, de grandeur, de massacres.
Qui donc peut me juger ?
Je vous attendais ma belle, enfin je vous retrouve.

Dracula Lucy Morts vivants

La fête commence par l'arrivée de morts-vivants en silence puis des femmes qui dansent puis de plaisanteries de croquemorts puis des chants orgiaques… Dracula arrive, ténébreux.

DRACULA. Nous accueillons aujourd'hui une nouvelle consœur, Lucy, son caractère montre des dispositions particulières qui en feront bientôt une hôtesse indispensable de nos festivités.

MV1. Incontestablement, son enveloppe charnelle facilitera les choses.
MV2. Je regrette les émotions physiques de ma première vie.
MV3. Tu prétends sans doute bénéficier d'une seconde vie.
MV1. Il m'arrive quelquefois de le souhaiter fébrilement.

LUCY. Je croyais ne plus devoir supporter les bavardages de salon.
FEMMES. Et bien très chère encore une légende assassinée.
DRACULA. Disparaissez... Je ne suis pas... je ne suis pas...
Je suis un prince roumain, j'ai connu le roi Corvin, j'ai servi le pape Pie 2 ; jamais il n'y eut chevalier plus audacieux que moi ; jamais il n'y eut croisé plus convaincu, jamais... J'aimais.
J'étais un prince roumain. Parmi le cœur joyeux des chiens de l'enfer. J'ai brulé si longtemps que je suis de cendre. J'étais aux ordres de ceux de votre race, j'étais fidèle au service de vos prêtres belliqueux, de vos rois-soldats, j'étais du sang de la noblesse, de la noblesse du sang et de la guerre.

Le professeur F.

PROFESSEUR F. Je tiens sans doute enfin une histoire qui me rendra célèbre entre tous. Mes travaux enfin reconnus, je serais peut-être prix Nobel.
Au rebut Faust, Frankenstein, Freud, je serai le plus grand docteur de l'humanité !

Dracula Mina

MINA. Est-ce donc cela l'amour ?
Elle allait au hasard au gré du vent et des coups de cafard, le cœur devant.
DRACULA. Le temps passe et je reste accroché à mon orgueil, je suis une légende. Par-delà la forêt de Transylvanie au seuil des Carpates à dix lieues du Danube. Et tous les hommes qui m'ont condamné à vivre caché. Souvent, j'ai rêvé de mourir enfin dans tes bras ensanglantés mais je suis comme le héros d'un mauvais feuilleton blessé seulement toujours blessé. Ton rire m'est interdit, mais toutes mes nuits te ressemblent. Il n'y a pas d'amour pour nous, tu voulais être libre.

MINA. Je veux être libre, je veux choisir moi-même et regarder le monde ouvert devant nous, tous les petits bonheurs de compromissions ne sont que trahisons et mensonges, je veux que mes choix ressemblent à mes rougeurs de jeune fille, que mes sentiments soient d'abord des sentiments. Moi je veux des poèmes même si ce n'est plus de mode, je veux des gestes lents des rires secrets, des nuits debout. Je dis non aux sanglots cachés, non aux cérémonies.
J'ai peur du jour et de la nuit, et j'ai peur de t'aimer.
DRACULA. Hélas je ne peux plus t'offrir cela, Mina, je n'ai plus que cet amour dans l'ombre, agenouillé sur des souvenirs. Seule, cette quête étrange et douloureuse suffit à mon chemin, elle est source de mes tortures et de mes violences, je sais pourtant qu'elle n'a pas de fin. dieu est mort, sa tâche accomplie, pas moi.

Renny Dracula Le professeur F.

RENNY. Mon bon Maître, enfin je vous retrouve, apprenez-moi la vie éternelle, j'ai attendu longtemps je serai votre serviteur dévoué fidèle, je serai dresseur de fauves j'ai déjà maitrisé des mouches des araignées des moineaux c'est un début, je peux apprendre encore.
DRACULA. Effectivement, cela me parait nécessaire petit homme, et d'où te vient cette passion dangereuse, je n'ai pas d'ordinaire très bonne presse dans ces quartiers.
RENNY. Je suis comme vous Maître.
DRACULA. Prétentieux ! Tu veux t'assoir à la droite du saigneur ?
RENNY. Je suis rejeté, honni par tous, interdit d'amour.
DRACULA. L'amour, en vérité, tel n'est pas le premier sentiment que tu inspires, bout d'homme.
RENNY. Vous ne pouvez pas me laisser, j'ai tout trahi pour vous, et je l'ai vue, elle.
DRACULA. Trahir, tu n'as pas d'autres ambitions sans doute. De quoi parles-tu, insolent ?
RENNY. Je l'ai vue, je lui ai parlé, elle a eu peur bien sûr, elle n'est pas habituée.

DRACULA. T'arrive-t-il d'avoir une idée à toi bout d'homme, à quoi te sert de vivre ainsi par procuration dans les rêves des autres, dans la vie des autres.
RENNY. Un seul me fait vibrer, qui collecte les vies qui agrandit la nuit, c'est vous seul que je vénère. Toutes ces vies, je vous les donne.
DRACULA. Tu pourrais le regretter rapidement. Je suis… pourrais-tu le comprendre ? Où je vais ne te regarde pas plus. Un homme ou un autre. Va ton chemin, je ne recherche pas de compagnie.
RENNY. Apprenez-moi !
PROFESSEUR F. Enfin je te retrouve, monstre, c'est lui, arrêtez-le…
DRACULA. Qui es-tu homme de la nuit quelle soulerie t'a poussé jusqu'ici ? À quel instant un homme devient-il seul pour quelles raisons est-il rejeté ? Dans quelle folie, dans quelle passion faut-il se jeter ? La folie ordinaire du doute en somme, vous pensez que ce que vous ne comprenez pas n'existe pas. Vous êtes encombré de vérités provisoires comme votre passage ici-bas d'autres choses existent d'autres notions d'autres morales. Être ni vivant ni mort dans l'attente éternelle. Je sais bien que mon équilibre mental peut paraitre discutable et même précaire : la tempête, le brouillard, le tonnerre, le rat, le hibou, le loup m'obéissent, la chauvesouris est de ma race.
PROFESSEUR F. Je vous ordonne, je vous supplie, je vous conjure de me laisser partir d'ici ! Toutes ces vies je vous les donne.
DRACULA. J'entends, monsieur est un aristocrate sans doute on ne s'acoquine pas dans ton milieu et sur les bords non plus un désespoir de supermarché sans doute un dandy peut-être. J'ai l'habitude de me cogner contre les murs même et surtout s'il n'y a pas de mur.
Toujours dans notre tête les morts prennent leur place. La peur et la violence, voilà ce que tu donnes.
RENNY. C'est l'apocalypse Dieu m'est témoin que je les aurai prévenus. La mort est le seul but de notre vie apaisante consolante véritable et parfaite amie, j'ai déjà le gout de la mort sur la langue.

CHANT, MUSIQUE, PYROTECHNIE…

Dracula seul

DRACULA. Qu'y a-t-il sous l'écorce de cet amour derrière les fils de la marionnette ? Je l'attends et même sous le regard fébrile des charmeuses de salons je pense encore à toi si j'ai parfois le désir de plaire c'est pour réduire l'attente ailleurs quand je t'appelle tout ce que l'on n'a pas donné et que l'on a perdu quand même.

Des années des siècles rien ne m'arrêtera ni la haine des hommes, la haine qu'ils ont choisie puisqu'il faut une raison de vivre ou de mourir, l'aversion, le dégout, la répulsion — la peur ; ni le feu de l'enfer.

ESMÉRALDA

D'après NOTRE-DAME de PARIS de Victor HUGO

Théâtre de rue (1995-1998)

Théâtre de parvis

TABLEAU I	Place de Notre-Dame, jour
TABLEAU II	Rue de Paris, nuit
TABLEAU III	Place de Notre-Dame, jour
TABLEAU IV	Chambre d'hôtel, nuit
TABLEAU V	Palais de justice
TABLEAU VI	Place de Notre-Dame, jour
TABLEAU VII	Tour de Notre-Dame
TABLEAU VIII	Place de Notre-Dame, nuit

Personnages :

Esméralda
Pierre Gringoire
Dom Frollo
Quasimodo
Phébus
Clopin
…

TABLEAU I

Lumière sur la rosace de Notre-Dame. Un homme est seul sur le parvis. Il s'approche de l'église et caresse une pierre.

GRINGOIRE, *à lui-même lentement.* Un mot gravé sur une pierre dans la sombre tour de Notre-Dame, fragile et douloureux comme un témoin de la fatalité, Ananké. (*Au public plus fort.*) Esméralda, j'étais bien jeune encore quand je t'ai rencontrée, je me prenais pour un poète. Ce soir-là de l'an 1482, la foule des bourgeois et le bon peuple de Paris affluaient sur la place du palais. C'était le jour des Rois, c'était le jour des fous, il y avait feu de joie et plantation de mai et spectacle au parvis, en un mot : la Fête.

Les cloches sonnent à la volée, les acteurs, immobiles jusqu'alors autour de la scène, s'animent bruyamment, cris, rires, jongleurs, cracheurs de feu, clameurs, querelles.

JEHAN, *il sort du public.* Écartez-vous par la miséricorde du diable !
2E ÉTUDIANT. Holà Jehan ! Te voilà bien agité.
JEHAN. J'ai assisté à la messe de sept heures et je compte bien qu'on me la retiendra sur mon temps de purgatoire, voilà quatre heures que je piétine.
CLOPIN, *de l'autre côté de la scène.* La charité s'il vous plait !
LE PUBLIC. Où sont les troubadours ? Poète, commencez votre farce. La pièce, la pièce ! !
UNE FEMME. C'est qu'on attend le cardinal !
2E ÉTUDIANT. Commencez maintenant, qu'on pende le cardinal !
GRINGOIRE, *présentant la pièce.* Messeigneurs, Messeigneurs, nous allons commencer :

« Les champs n'étaient point noirs, les cieux n'étaient pas mornes.
Non ! Le jour rayonnait dans un azur sans bornes… [7] »

JEHAN, *au public.* Regardez les beaux sires !
2E ÉTUDIANT. Bonjour sire Lecornu, as-tu perdu ta femme ?

---

[7] Victor Hugo, *Tristesse d'Olympio.*

BOURGEOIS LECORNU. Paix, sacripant !
JEHAN. Elle fait le lit des gueux, elle est fraîche et gaie comme une veuve.
UNE CATIN. Troussée et détroussée !
2E BOURGEOIS. Depuis quand les étudiants insultent-ils les bourgeois ?
JEHAN. C'est le jour du peuple, tout est permis.
UNE FEMME, *à côté*. C'est donc la fin du monde !
GRINGOIRE, *déclamant*.

« Les champs n'étaient point noirs, les cieux n'étaient pas mornes.
Non ! Le jour rayonnait dans un azur sans borne
Sur la terre étendu, … »

2e étudiant. Voilà le recteur, comme il est court et gras.
3e étudiant. À bas le recteur, à bas le cardinal, à bas…

Frollo s'avance et le dévisage sans parler, l'autre recule.

2E ÉTUDIANT. C'est Dom Frollo, l'archidiacre de Notre-Dame.
3E ÉTUDIANT. Jette-lui donc mon soulier, qu'on pende le cardinal !
GRINGOIRE, *balbutiant*.

« Les champs n'étaient point noirs, les cieux n'étaient pas mornes.
Non ! Le jour rayonnait dans un azur sans bornes… »

CLOPIN. La charité s'il vous plait.
JEHAN. Eh bien Clopin, ta plaie te gênait donc à la jambe que tu l'as mise au bras ?
UNE FEMME, *à Gringoire*. Vous connaissez l'histoire, messire ? J'ai déjà lu un livre, c'est émouvant.
GRINGOIRE, *fier*. Je m'appelle Pierre Gringoire, poète et comédien.
LE PUBLIC. La peste soit des comédiens, élisons notre Pape !
La plus belle grimace !
Élection du Pape des fous, les candidats défilent sous les quolibets.

— Malédiction !
— Cela ne vaut rien !
— À un autre !

— Il n'a pas de corne, ce n'est pas ton mari !
— Ventre de pape !
— C'est tricher, on ne doit montrer que son visage !

Quasimodo arrive.

UN MENDIANT. C'est lui, c'est le Pape des fous !
JEHAN. Cornes du Diable, qu'on l'habille !
CLOPIN Qui es-tu ?
MENDIANT. C'est Quasimodo, c'est le sonneur de Notre-Dame.
JEHAN. Bonjour, Quasimodo. Il le coiffe de la tiare.
UNE FEMME. Il est dévoué corps et âme à l'archidiacre.
CLOPIN. Une âme, croyez-vous ? Eh bien, l'ami, répondras-tu ?
FEMME. C'est qu'il est devenu sourd là-haut.
CLOPIN. Grand Dieu ! Il parait, c'est un bancal, il vous regarde, c'est un borgne, vous lui parlez, c'est un sourd ! Parle-t-il ?
FEMME. Il parle quand il veut, il n'est pas muet.
JEHAN. Cela lui manque !
FEMME. C'est une grimace de la tête aux pieds !

On emmène Quasimodo sur une charrette.

TOUS. La Esméralda ! La Esméralda !
FROLLO. J'avais pourtant demandé qu'on chasse cette Égyptienne !

Esméralda avance et croise Frollo, provocante.

FROLLO. Sacrilège, profanation !

ESMÉRALDA, *joue avec la chèvre.* Djali, quel jour sommes-nous ?
FROLLO. Il y a de la sorcellerie là-dessous !

Danse d'Esméralda.

TABLEAU II

Le cortège de Quasimodo est arrêté par Frollo. Aucun des deux ne prononce un mot, Frollo jette la tiare et la canne du Pape. Quasimodo s'agenouille et le suit.

JEHAN. Vous n'avez pas le droit. C'est le Pape des fous !
FEMME. Il lui est plus dévoué qu'un chien.

Frollo et Quasimodo aperçoivent Esméralda, elle chante. Ils la suivent.

FROLLO. Elle est la source du mal, elle hante mes nuits. Oh souillure de la chair.
QUASIMODO. Mon Maître est malade ?
FROLLO. Si mes tourments pouvaient se fondre en vapeur. J'ai en moi les sanglots de la lave dans le volcan. Certains noms de femme ont un charme si doux. Ramène-la-moi !
QUASIMODO. Elle est belle, vous ne lui ferez pas de mal ?
FROLLO. Je me suis juré, n'y pense plus, depuis, j'y pense toujours, débauche et luxure, essence lépreuse. Va !

Quasimodo enlève Esméralda.

ESMÉRALDA. Au meurtre ! Au meurtre !
GRINGOIRE, *arrivant tristement.* Holà, messieurs du guet ! (*Quasimodo se retourne et le bouscule.*)
ESMÉRALDA. Au meurtre ! Au meurtre !

Arrivée de Phoébus avec une escorte de gardes.

PHÉBUS, *il sort son épée.* Lâchez-la misérables ! Eh bien, maraud défends-toi ! *Quasimodo regarde Frollo qui s'enfuit.* Demande à Dieu pardon suppôt du diable ! *Quasimodo regarde l'épée.* Arrêtez la chauvesouris, je m'occupe de l'hirondelle ! (*Il s'approche d'Esméralda.*) Comment t'appelles-tu petite ?
ESMÉRALDA. On m'appelle Esméralda, et voici Djali !
PHÉBUS. Tu as la voix d'un ange, montre-moi ton visage. Je suis Phoébus de Châteaupers, capitaine des archers du Roi, pour te servir ma belle. Que te voulaient donc ces larrons ?

Esméralda. Phébus, quel joli nom !
Phébus. Cela veut dire soleil.
Esméralda. Escortez-moi, escortez-moi soleil.
Phébus. C'est que je compte bien t'escorter toute la nuit !
Esméralda, *s'enfuit en riant*. Adieu soleil !
Phébus, *regardant Quasimodo*. Ah ça ! J'aurais préféré garder la ribaude, par le nombril du Pape ! *(Ils sortent.)*

Gringoire, *se retrouve seul et sort de son trou*. Ces distractions m'ont ouvert l'appétit, suivons-la, les bohémiennes sont hospitalières.

Il marche, apparaissent trois mendiants qui le conduisent à la cour des miracles.

1er mendiant, *aveugle*. La charité noble sire.
2e mendiant, *boiteux*. Rien qu'un écu, Monseigneur.
Gringoire. C'est que je ne suis qu'un pauvre rimailleur.
3e mendiant. La bonne manche !
1er mendiant. L'aumône !
2e mendiant. La charité !

Ils le poussent et l'entrainent, lui volant son chapeau et sa besace. Il est tout à coup entouré de toute la troupe de mendiants, de truands et de filles des rues dans une taverne.

Gringoire. Où suis-je ?
Un truand. A la cour des miracles !
Gringoire. Évidemment, les aveugles voient les boiteux courent, mais où est le sauveur ?
Un truand. Tu le verras !

Bousculades à une table.

Un homme. Étron et pissat de rat, cervelle de chat, couleuvre vive !
Une fille. Crapule, bâtard de Dieu !

On conduit Gringoire devant le Roi d'argot. On reconnait Clopin.

CLOPIN. Un homme en danger de mort ? Je suis le Roi d'argot, qu'as-tu à dire pour ta défense ?
GRINGOIRE. C'est le hasard qui m'a conduit ici, je cherchais un endroit pour souper et dormir. *Rires.*
CATIN. Dormir, noble sire, voudrais-tu d'un coussin ? *Elle montre sa poitrine.*
UN TRUAND. Pousse un peu tes braies que je voie le vilain !
GRINGOIRE. J'étais désespéré, je pensais me noyer, mais l'eau était trop froide.
CLOPIN. Diantre, quel bavard ! Qui es-tu, te dis-je, es-tu de la confrérie des voleurs, des mendiants ou des vagabonds pour oser venir ici ?
GRINGOIRE. Je n'ai pas cet honneur hélas, sire, majesté, Maitre, comment doit-on vous appeler ?
CLOPIN. Majesté ou camarade, selon ton choix.
GRINGOIRE. Je me nomme Pierre Gringoire et je suis poète.
CLOPIN. Assez ! Tu seras pendu. *Il réfléchit.* Veux-tu être des nôtres ?
GRINGOIRE. C'est mon plus grand désir, que faut-il faire ?
CLOPIN. Devenir coupe-bourse ou coupe-gorge. Je te fais remarquer que tu n'en seras pas moins pendu, un peu plus tard sur ordre de mon cousin le Roi de France.
GRINGOIRE. Je ne suis pas pressé.
CLOPIN. Bien ! As-tu déjà volé ?
GRINGOIRE. Heu ? ! Hum, je ne demande qu'à apprendre et j'ai deux mains.
UN TRUAND. La nature fait bien les choses.
CLOPIN, *au truand.* Pourtant, quand je te regarde, j'ai l'impression qu'il lui arrive de manquer son coup. *Rires à une table.*

— Ma chope est vide camarade !
— Ta panse est pleine !
— Et porte-nous du vin d'Espagne !

UN TRUAND. Qu'on le pende, il a l'âge du trépas.
CLOPIN. Si tu veux être des nôtres, citoyen d'argot, tu dois prendre un écu dans ce mannequin, sans faire tinter une seule clochette.

GRINGOIRE. Et si elles tintent ?
CLOPIN. Tu seras pendu !
UN TRUAND. Il tremble jusqu'au nombril !
CATIN. Et peut-être pire, noble sire !

Gringoire s'approche fébrilement du mannequin qui ne manque pas de sonner, rires de l'assistance.

UN TRUAND. Il est mort, ses souliers sont pour moi !
CLOPIN. Je ne peux vraiment rien pour toi... À moins qu'une de nos femmes ne t'accepte pour mari.
UN TRUAND. Holà, femelles, un homme pour rien, qui en veut ?

Les femmes s'avancent et l'observent.

— Trop maigre !
— Trop jeune !
— Tu préfères ton pourceau de chanoine ?
— Trop propre !
— Fais-moi plaisir noble sire ! (*Elle le touche et rit.*) Trop timide !
— Trop petit !

ESMÉRALDA. Moi, je le prends !
CLOPIN, *étonné*. Si tel est ton désir, jetez les dés !
UN TRUAND, *il lance les dés avec sa chope pleine*. Quatre !
CLOPIN Moi, Roi d'argot, Prince de bohème et Duc d'Égypte, je vous déclare mari et femme pour quatre ans.
ESMÉRALDA. Viens, Gringoire. (*Ils sortent.*)

Esméralda : TABLEAU II

CHANSON DES GUEUX

Guetteur annonce le couvrefeu
Voleur truand boiteux, manchot
Avant la corde ou le cachot
Peuple d'argot
Patrie des fous
Que l'on entende un peu partout
Le chant des gueux

Ce que j'aime je le prends
C'est la loi des truands *(bis)*

C'est un volcan un cri d'enfer
À faire trembler tous les bourgeois
Et pour aimer les filles de joie
Quel que soit ton rang de noblesse
Claironne dans tes nuits d'ivresse
Le chant des gueux

Ce que j'aime je le prends
C'est la loi des truands *(bis)*

Prince de la cour des miracles
C'est ton crédo la charité !
Mon frère ma sœur de pauvreté
Toi le sujet des moqueries
Fais vibrer le cœur de Paris
Du chant des gueux

Ce que j'aime je le prends
C'est la loi des truands *(bis)*

TABLEAU III

Gringoire et Frollo sur la place, Gringoire accompagne Esméralda et fait la quête.

FROLLO. Vous voilà déguisé en sot, messire Gringoire !
GRINGOIRE. Voyez-vous, Maître, la poésie ne nourrit pas son homme, et j'aime mieux sur mon fourneau une bonne omelette au lard. Je me rapproche un peu du peuple.
FROLLO. Fadaise, l'heure du peuple n'est pas arrivée.
GRINGOIRE. Et quand viendra cette heure, Maître ?
FROLLO. Vous l'entendrez sonner.
GRINGOIRE. À quelle horloge, s'il vous plait ? Mais que deviennent vos travaux ?
FROLLO. Chercher de l'or dans l'alchimie n'en a jamais fait naitre dans la cervelle humaine. Les princes s'arrachent les pays comme des ivrognes les plats à la taverne, à la poursuite d'une miette de gloire. J'ai trente ans, quinze ans d'études derrière moi, le Roi me rend visite parfois, on m'écrit d'Italie où la science grandit...
Cette voix, c'est encore elle, fille d'Égypte ! *(Esméralda chante.)* :

> Une pauvre femme en son berceau
> Matin n'a pas trouvé sa fille
> Elle s'est couverte d'un manteau
> Court la chercher dedans la ville

> Des Égyptiens derrière son dos
> Emportant l'enfant au teint pâle
> Offrirent le sombre cadeau
> D'un monstre difforme et bancal

> Vit lors recluse au trou aux rats
> Flétrie prostrée à demi folle
> Refusant le pain et l'obole
> Jurant malheur aux scélérats *(bis)*

GRINGOIRE. Elle est ma femme désormais, et je suis son mari.

FROLLO. Que me dis-tu misérable ! As-tu porté la main sur cette fille ?
GRINGOIRE. Ce n'est pas faute d'avoir essayé, sans succès, voyez-vous, c'est une superstition, elle porte au cou une amulette qui perdrait sa vertu si elle perdait la sienne, il s'ensuit que nous sommes tous deux très vertueux, et la chèvre m'aime autant qu'elle.
FROLLO. Jure-moi que tu ne l'as pas touchée !
GRINGOIRE. La chèvre ?
FROLLO. Non à cette femme, jure-le !
GRINGOIRE. Je veux bien jurer mon cher maitre, mais permettez-moi à mon tour une question.
FROLLO. Parle.
GRINGOIRE. Qu'est-ce que cela vous fait ?
FROLLO. Écoute, Pierre Gringoire, tu n'es pas damné et je te veux du bien. Malheur à toi si tu touches cette Égyptienne du démon.
GRINGOIRE, *rêveur*. J'ai essayé une fois, mais je l'avoue, elle a toujours aux lèvres le nom de Phoébus.
FROLLO. Phébus, qui est-ce ?
GRINGOIRE. J'imagine que ces bohèmes adorent le soleil, c'est sans doute un mot qu'elle croit doué d'une vertu magique.
FROLLO. Jure-le, par le ventre de ta mère !
GRINGOIRE. Une autre fois, j'ai regardé par le trou de la serrure avant de me coucher et j'ai bien vu.
FROLLO. Va-t'en au diable !

On amène Quasimodo sur la place et sous les quolibets.

— Regardez le bancal sourd et borgne !
— Et satyre !
— Rogne sa bosse !
— Fouette la pinte goulument !
— Qu'on l'étrille !
— Un monstre sans âme et sans ami

On le fouette.

QUASIMODO. À boire, boire, boire. J'ai soif.
Esméralda vient lui donner à boire. Merci, merci. Belle, vous êtes belle.
Phébus aperçoit Esméralda sur la place.
PHÉBUS. Petite, me reconnais-tu ?
ESMÉRALDA. Oh oui !
PHÉBUS. Est-ce que je te fais peur, belle enfant ?
ESMÉRALDA. Oh non !
PHÉBUS. Cornes du diable, tu t'es moquée de moi l'autre soir.
ESMÉRALDA. Oh, mon Phoébus ! *(Frollo les observe.)*
FROLLO. Phébus ?
PHÉBUS. Au moins, viendras-tu ce soir ?
ESMÉRALDA. Aurez-vous vos habits de parade ?
PHÉBUS. Les plus brillants, Ventredieu !
ESMÉRALDA. Qu'en dis-tu Djali ?
PHÉBUS. Je t'attendrai.
ESMÉRALDA. À ce soir, Soleil.

TABLEAU IV

PHÉBUS, *légèrement éméché*. Tâche de marcher droit, cap… pitaine.
FROLLO. Capitaine Phoébus ?
PHÉBUS. Vous me connaissez ? Tonnerre, j'ai rendez-vous ce soir, laissez-moi aller.
FROLLO. Je sais que vous avez rendez-vous.
PHÉBUS, *l'interrompant*. Avec la petite à la chèvre… Smiralda, une beauté égyptienne.
FROLLO. Tu mens !
PHÉBUS. Je la vois blanche, tendre et polie et parée. Ah ! Rire, jouer et mignonner et s'embrasser nu à nu… Et déflorer la pucelette.
FROLLO, *hors de lui*. Tu mens !
PHÉBUS, *reprenant tous ses esprits*. Je suis pressé, mais j'ai encore le temps de vous pourfendre avant. *(Il sort son épée.)* Du sang sur les pavés !
FROLLO. Vous ne pouvez-vous y rendre, elle est la pureté même, vous n'avez pas le droit, ayez pitié. L'Égyptienne est mariée.
PHÉBUS. Je le serai bientôt de même, je suis pécheur, je le sais bien, je me serai condamné moi-même au bucher. Ha ha !
FROLLO. Demain, dans un mois, dans un an, tu me trouveras sur ta route, prêt à te punir, mais pour l'instant laisse-moi te suivre et prouve-moi que c'est bien avec cette fille que tu as rendez-vous.
PHÉBUS, *étonné*. Serais-tu le diable en personne ? *(Il range son épée.)* Soit, nous nous retrouverons. Allons.

Esmeralda, Phoébus, ombre de Frollo…

ESMÉRALDA, *effarouchée*, les yeux baissés, le capitaine très élégant s'approche.
ESMÉRALDA. Ne me méprisez pas, seigneur Phoébus, je sens que ce que je fais est mal.
PHÉBUS. Te mépriser, et pourquoi diable ?
ESMÉRALDA. Pour vous avoir suivi.
PHÉBUS. Je te détesterais plutôt !
ESMÉRALDA, *effrayée*. Qu'ai-je donc fait ?
PHÉBUS. Tu t'es bien fait prier.

ESMÉRALDA. Hélas ! C'est que je manque à un vœu, je ne retrouverai pas mes parents. Qu'importe ! (*Elle le regarde tendrement.*) Monseigneur je vous aime.
PHÉBUS, *gaiment.* Vous m'aimez ?
Il met son bras autour de sa taille. Frollo sort un poignard et le regarde étrangement.
ESMÉRALDA. Phébus, *elle se détache de lui.* Vous m'avez sauvée moi qui ne suis qu'une enfant de bohème, il y a longtemps que je rêvais de vous avant de vous connaitre, vous êtes bon, vous êtes généreux, mon Phoébus, mon rêve avait une épée comme la vôtre.
PHÉBUS. Enfant !
Il lui pose un baiser sur le cou.

ESMÉRALDA, *le repousse.* Laissez-moi vous parler, laissez-moi vous regarder, vous êtes beau. Marchez donc un peu que j'entende sonner vos éperons.
PHÉBUS, *il marche fièrement puis revient s'assoir plus près d'elle.* Es-tu contente, écoute…
ESMÉRALDA, *elle lui met la main sur la bouche.* Non, non, je n'écouterai pas Soleil. M'aimez-vous ? Je veux que vous me disiez si vous m'aimez.
PHÉBUS. Si je t'aime, ange de ma vie ? *(il s'agenouille, emphatique.)* Mon corps, mon sang, mon âme, tout est à toi. Je t'aime, je n'ai jamais aimé que toi.
ESMÉRALDA, *les yeux au ciel.* Oh ! Maintenant je voudrais mourir.
PHÉBUS, *il lui vole un baiser.* Mourir, corne de bœuf, quelle plaisanterie ! Mourir au commencement d'une chose si douce. Écoute-moi Similar, Esméralda pardon. *(à lui-même.)* Il faudra que j'apprenne ce nom par cœur. Je t'adore à la passion, je t'aime c'est miraculeux et toi m'aimes-tu ?
Esméralda. Oh ! ?
Phébus. Eh bien ! C'est tout. Je te rendrai la plus heureuse créature du monde. Je ferai parader mes archers devant toi. Je te mènerai voir les lions de l'hôtel du Roi, *à lui-même.* Toutes les femmes aiment cela. *Il lui enlève doucement sa ceinture.* Tu seras heureuse.
ESMÉRALDA, *effarouchée.* Que faites-vous ?
PHÉBUS. Rien. Euh… il faudra quitter ce costume de folie quand tu seras avec moi.

ESMÉRALDA, *tendrement*. Quand je serai avec vous mon Phoébus !
Il lui prend la taille et délace son corsage, on voit son épaule nue sous la lumière. Frollo suffoque.
ESMÉRALDA. Phébus, voulez-vous que je te tutoie, instruis-moi dans ta religion.
PHÉBUS, *éclatant de rire*. Ma religion tonnerre, que veux-tu faire de ma religion petite !
ESMÉRALDA. C'est pour nous marier.
PHÉBUS. Voyons, est-ce qu'on se marie, par Jupiter, *(Esméralda baisse la tête.)* Est-on plus amant pour avoir craché du latin dans la boutique d'un prêtre ?
Il lui enlève son corsage, elle sursaute et recule, baisse les yeux et croise les bras sur sa poitrine pour se protéger. Frollo est livide

ESMÉRALDA. Oh ! Je vois bien que tu ne m'aimes pas. *(elle se jette à son cou.)* Mon Phoébus, va, prends-moi, prends tout mon bienaimé, regarde-moi. *(elle recule.)* Ma vie, mon corps, tout t'appartient. Ne nous marions pas si cela t'ennuie, je ne suis qu'une fille du ruisseau et tu es gentilhomme, j'étais bien folle de croire… Je serai ta maitresse, ton plaisir, ton jouet souillé et méprisé, qu'importe, je serai ta servante, je nettoierai tes bottes. Prends-moi Phoébus, Phoébus, tout cela t'appartient.
Elle jette ses bras à son cou, en larmes, sa jambe remonte sur la cuisse de Phoébus, il l'embrasse. Frollo brise la fenêtre et poignarde Phoébus dans le dos. Esméralda s'évanouit.

FROLLO. Malédiction !

TABLEAU V Le *tribunal : juge procureur président avocat gardes.*

LE PRÉSIDENT. Monsieur le Procureur du Roi, nous vous écoutons.
LE PROCUREUR. Ces messieurs ont pu consulter le dossier des pièces et les dires de Phoébus de Châteaupers.
ESMÉRALDA. Phébus ! *(elle se lève.)* Où est-il par grâce, dites-moi s'il vit encore ?
LE PRÉSIDENT. Taisez-vous. Taisez-vous femme !

ESMÉRALDA. Par pitié, dites-moi s'il est vivant.
LE PRÉSIDENT. Eh bien, il se meurt êtes-vous contente ?
ESMÉRALDA Oh ! Mon Phoébus.
LE PROCUREUR. Fille, vous êtes de race bohème, adonnée aux maléfices, vous avez à l'aide de charmes et de pratiques meurtri et poignardé un capitaine des archers du Roi, persister vous à nier ?
ESMÉRALDA. Horreur ! Si, je le nie !
LE PRÉSIDENT. Alors comment expliquer vous les faits à votre charge ?
ESMÉRALDA. Je l'ai déjà dit, je ne sais pas, c'est un prêtre qui me poursuit, un moine infernal que je ne connais pas.
FROLLO. Allons donc, un moine fantôme !
ESMÉRALDA, *elle se tourne vers les juges*. Ayez pitié, je ne suis qu'une pauvre fille.
UN JUGE. D'Égypte !
LE PROCUREUR. Tu es accusée de sorcellerie, reconnais-tu avoir assassiné Phoébus ?
ESMÉRALDA, *prostrée*. Il m'a serré entre ses bras, il m'a serré si fort... Mon soleil.
LE PRÉSIDENT. Avoueras-tu ? *(elle ne répond pas)*
LE PROCUREUR. Attendu l'obstination de l'accusée, je requiers l'application de la question.
ESMÉRALDA. Je suis innocente ! *On l'emmène.*
LE PROCUREUR. Faites entrer la seconde accusée. *(on fait venir la chèvre)*
UN JUGE. L'accusée à tout avoué !
FROLLO, *à Esméralda*. Esméralda, je peux encore te sauver, je peux encore te détruire, je t'aime, tu ne seras qu'à moi.

Elle ne dit rien, effrayée elle ne le regarde pas.

LE PRÉSIDENT. Fille bohème, vous avez avoué vos faits de sorcellerie, de luxure et de meurtre avec la complicité d'une chèvre du démon, Monsieur le procureur, la chambre est prête à entendre vos réquisitions.
ESMÉRALDA. Phébus, mon Phoébus, le croit-il ? Est-il mort ?
FROLLO. Ah ce nom ! Toujours ce nom !

TABLEAUX VI

Chanson d'Esméralda :

Je suis une fille de la rue
J'ai des étoiles au fond des yeux
Sur les pavés je danse pieds nus
En attendant mon amoureux
Qui m'apprendra les jours heureux
Les fleurs et les fruits défendus

Quasimodo seul sur le toit, il siffle tristement.

QUASIMODO. Belle ! C'est un ange ou une fée, ils vont la questionner, ils vont la condamner. Ils vont la tuer peut-être.
FROLLO. *Arrive tête basse.* Esméralda ? *Frollo fait un geste de renoncement.*
QUASIMODO. Maitre, obtenez sa grâce.
FROLLO. Je ne peux l'obtenir pour moi-même, pauvre danseuse, pauvre destinée.
QUASIMODO. Elle est jeune, elle vient de naitre, les flammes du bucher ne sont pas faites pour elle.
FROLLO. La seule flamme que je voie est celle de l'enfer, les hommes meurent et ne sont pas heureux. J'ai vécu pour la science, j'ai pétri de la boue, je n'en ferai jamais de l'or.

On amène Esméralda sur la place en robe de condamnée, la foule des badauds vitupère.

— Sorcière, gitane du mal, putain !
— Vipère, fille d'Égypte !
— Qu'a-t-elle fait ?
— Elle a tué un gendarme avec l'aide d'une chèvre diabolique.
— Je l'avais prédit que l'arrivée de ces races de bohème portait le signe du démon.
— On dit qu'elle est d'Égypte.

— D'Égypte ou de bohème, cela se vaut, tous crapules et assassins, voleurs de poules et d'enfants, sans dieu ni loi.
— À mort l'Égyptienne !

Un des gueux la frappe.

— Où l'emmènent-ils ?
— Faire amende honorable avant le gibet Pff.

Il crache.

— Qu'on la pende maintenant !

Quasimodo intervient et l'enlève.

QUASIMODO. Asile ! Asile ! *Les mendiants, les truands crient avec lui et retiennent les gardes.* Asile !

CHANSON DE NOTRE-DAME

Dedans les tours de Notre-Dame *(bis)*
Vivait un moine étrange
Et l'Égyptienne quand elle parut
On aurait dit un ange

Dedans les tours de Notre-Dame *(bis)*
Quand il sonnait les cloches
Quasimodo le pauvre diable
C'était pour cette femme

La belle dansait alentour *(bis)*
La place de Notre-Dame
Un capitaine quand elle l'a vu
Lui a ravi son âme

Pourtant le capitaine est mort *(bis)*
Fatalité la belle
Gît près de lui à moitié nue
Qui aura pitié d'elle

Le roi a fait battre tambour *(bis)*
Tout près de Notre-Dame
Dresser potence sur la place
Où l'on pendra la belle

TABLEAUX VII

En hauteur Quasimodo et Esméralda elle est évanouie, se réveille et pousse un cri.

QUASIMODO. N'ayez pas peur !
ESMÉRALDA. Pourquoi m'avoir sauvé ?
QUASIMODO. Je suis un enfant trouvé, je n'ai ni père ni mère, je n'ai personne à aimer, il n'y aura jamais d'amour pour moi. Je suis laid et vous êtes belle. Je voulais vous enlever et vous m'avez donné à boire sur le pilori.
ESMÉRALDA. Mon Phoébus, il est mort.
QUASIMODO. Ne sortez pas d'ici, ils vous tueraient et je mourrais *(Il s'approche, lui donne un panier)* N'ayez pas peur, mangez, je m'en vais. *(Il revient avec un couchage.)* Dormir ! Je serai là, je resterai caché.

Esméralda lui fait signe d'entrer, le prend par le bras.

QUASIMODO. Tenez, j'entends ce bruit-là, vous pourrez m'appeler, *(il lui tend son sifflet, il rit.)* Je vais sonner les cloches. Pour vous. On entend les cloches mêlées aux rires lointains de Quasimodo.

ESMÉRALDA. N'approchez pas. Encore vous ! Que vous ai-je fait ? Au secours !
FROLLO. Tu me détestes donc, je suis un misérable. Esméralda, ton corps me hante chaque nuit. *(Il s'approche.)*
ESMÉRALDA, *Elle crie*. N'approchez pas, c'est vous, je vous reconnais, c'est vous qui avez assassiné Phoébus, mon soleil ! Vous êtes un monstre.
FROLLO. Je t'aime, sorcière, je t'aime de l'amour d'un damné !
ESMÉRALDA. Au secours ! Allez-vous-en !
FROLLO. Grâce ! Avilis-moi, frappe-moi, mais grâce, aime-moi, pitié.
Il s'accroche à elle, elle le frappe, il la caresse.

ESMÉRALDA. À moi ! Au secours ! Au démon !
FROLLO. Tais-toi, *il sort son poignard*. Personne ne t'aura. *Esméralda attrape le sifflet.*
QUASIMODO. Pas de sang sur elle !
FROLLO. Quasimodo, arrête !

QUASIMODO, *il le renverse et l'entraine, puis tout à coup le reconnait, recule et s'agenouille. Maitre ! ?*
ESMÉRALDA, *elle se jette sur le couteau.* Approche ! Lâche, tu n'oses plus approcher ! Ah, je sais que Phoébus et vivant !

Esméralda chante et danse, elle caresse les pierres.

Sur les pavés je danse pieds nus
J'ai le corps et le cœur battant
Pour un chevalier inconnu
Que j'aime depuis la nuit des temps
J'ai des étoiles au fond des yeux
Je suis une fille de la rue

Quasimodo apparait avec des fleurs, elle s'arrête, il la regarde et recule.

QUASIMODO. Continuez, je vous en prie, ne me chassez pas, tenez ! C'est pour vous, je veux seulement vous regarder.
ESMÉRALDA. Pauvre Quasimodo, Tu m'as sauvé deux fois la vie et tu m'effraies pourtant.
QUASIMODO. Je sais maintenant combien je suis laid, mais je ressemble encore trop à un homme. *(Il s'agenouille.)* Est-ce que l'enfer c'est pire ? Continuez... *(Elle prend le bouquet, et reprend son chant.)* Je ne suis qu'une ombre parmi les pierres de Notre-Dame, je ne suis qu'une pierre. Belle, je ne suis ni homme ni animal, je suis plus difforme qu'un caillou et vous êtes belle. Vous êtes un rayon de soleil, vous êtes belle comme le soleil !
ESMÉRALDA. Un soleil... Phébus. Il n'est pas mort, je l'ai vu sur la place. Il est vivant ! Mon Phoébus est vivant. Va le chercher ! Va le chercher, je t'aimerais.
QUASIMODO. Suffit-il donc d'être beau au-dehors ? Il est trop loin, je ne peux pas le rattraper. Il ne faut pas sortir, ils vous tueraient.
ESMÉRALDA. Va-t'en !

TABLEAUX VIII

FROLLO. Comment vous portez-vous maitre Pierre ?
GRINGOIRE. Ma foi, fort bien, s'il s'agit de ma santé, pour le reste, il y aurait à redire. Je trouve une femme, elle est belle, elle est jeune, elle vole, elle rit, et voilà qu'on me l'enlève sans que je l'aie jamais touchée ! Elle se cache dans les tours de Notre-Dame et je me demande ce qu'a pu devenir la chèvre ?
FROLLO. On dit partout que le Roi a fait lever le droit d'asile pour cette nuit, ne feras-tu rien pour la sauver ?
GRINGOIRE. Voilà qui est fâcheux, quand j'ai vu qu'ils voulaient la pendre, je me suis retiré du jeu. Il faudrait assiéger Notre-Dame, lever une armée, une troupe, une horde, mes amis les truands. Clopin trouillefou, Jehan de Bruges, Marsouin d'Avranche.
FROLLO, *il le coupe*. Eh bien, qu'attends-tu ?
GRINGOIRE. C'est que je n'ai pas encore vaincu ma peur. Un philosophe ancien disait…
FROLLO, *il le coupe*. Il n'y a qu'un moyen, il faut que quelqu'un change d'habit avec elle pour qu'elle puisse sortir.
GRINGOIRE. Et qui donc ?
FROLLO. Toi !
GRINGOIRE. Voilà une idée qui ne me serait jamais venue seule. Je serais peut-être pendu ? J'y vois beaucoup d'inconvénients. J'ai encore des tas de chos…
FROLLO. Tais-toi donc incorrigible bavard ! L'aimes-tu ? Elle t'a sauvé la vie, allez, nous avons assez perdu de temps. Cours prévenir les truands ? Je t'attends ici dans une heure.

Les truands assiègent Notre-Dame.

CLOPIN. Holà, l'archevêque ! Si notre sœur n'est pas sacrée, ton église ne l'est pas non plus. Tu as vendu le droit d'asile. L'assaut !
TRUANDS. Sac ! Pillons Notre-Dame et délivrons Esméralda !
QUASIMODO. Asile ! Asile !

TRUANDS. Forcez la porte ! *(Quasimodo leur envoie des pierres, des poutres.)* On dirait qu'elle résiste !

Arrivée des gardes

PHÉBUS. À MOI, MARAUDS !
CLOPIN. Parbleu capitaine, je t'attendais, il parait que tu étais mort.
PHÉBUS. Demande à Dieu pardon !
CLOPIN, *mourant*. Je suis le Roi d'argot, dit Clopin, dit la gangrène, dit… « Ce que j'aime, je le prends. C'est la loi des truands ! ».

QUASIMODO. Belle, belle où es-tu !

LA MORT. AH ! AH ! AH !

On aperçoit Esmèralda pendue en haut de la tour.

LA FOULE. Esméralda, Esméralda !

Les combats cessent, Frollo rejoint Quasimodo sur la tour.

QUASIMODO. C'est à cause de vous ! *(Il jette le moine du haut de la tour sans que celui-ci résiste, il regarde les deux cadavres.)* Oh pourquoi… Pourquoi ?

ÉPILOGUE

La place est vide, lumière sur la rosace.

GRINGOIRE. Sage étourdi, veuf sans avoir consommé, en fuite avec chèvre à charge, en fuite des gibets permanents de Paris…
Il reprend.
Le corps d'Esméralda fut jeté en un profond caveau. Quant à Quasimodo, il disparut le jour même de l'exécution ; personne ne sut ce qu'il était devenu. Il y a toujours ce mot gravé sur la pierre, Ananké.

VOIX OFF :
Deux ans après le dénouement de cette histoire, on retrouva dans la cave de Montfaucon, qui servait de fosse commune en cette fin du XVe siècle, deux squelettes embrassés. L'un était celui d'une femme jeune encore. L'autre était celui d'un homme dont la colonne vertébrale était déviée, il avait une jambe plus courte que l'autre. Il n'y avait pas de rupture de vertèbre à sa nuque, il était évident qu'il n'avait pas été pendu et qu'il était venu mourir là.

Quand on voulut détacher les deux corps, ils tombèrent en poussière.

Table

Contes décousus 1

CONTE DU JOUR TOMBÉ ET DE LA NUIT TOMBÉE AUSSI 7
CONTE DÉCOUSU 11
LA FILLE DE TERRE & LA FILLE DE FER 17
CONTE DE L'HOMME AU MASQUE D'ENFER 21
PIERRE LE PÊCHEUR 25
LÉGENDES 29
LINA, REBELLE 35
RAFFOUIN OU LES ENFANTS DE L'ARBRE À PLUIE 41

Théâtre 53

UN ROMAN DE RENART 55
LA RÉVOLTE DES BONBONS 97
MINA 121
ESMÉRALDA 133